读客

读客科幻文库

跟着读客读科幻，经典科幻全看遍。

遗忘之海

[英] 尼尔·盖曼 著
李雅欣 译

江苏凤凰文艺出版社
JIANGSU PHOENIX LITERATURE AND ART PUBLISHING

NEIL GAIMAN

献给阿曼达

她想知道

关于童年，我有鲜活的记忆……我知道很多恐怖的东西，但我绝不能让大人们知道我知道，那会吓到他们。

——莫里斯·森达克

（与阿特·施皮格尔曼的对谈，《纽约客》，1993年9月27日）

农场后面有个鸭塘，说不上大，常有鸭子戏水。

莱蒂·赫姆斯托克却说那是一片海洋，我觉得这太荒谬了。她还说，她们来自海洋另一边的古老国度，远渡重洋来到了这里。

莱蒂的母亲说莱蒂记错了，那是很久很久以前的事了，然而古国早已沉没。

莱蒂的姥姥，赫姆斯托克老太太说她俩都记错了，沉没的不是真正的古国，真正的古国犹存在她的记忆中。

她说，那个真正的古国早已化为乌有。

序 章

我身着黑西装、白衬衫、黑领带、黑鞋子，光鲜亮丽。平日里若这么穿，我会浑身难受，仿佛这身西装是偷来的，或自己在假扮大人故作老成。可今天，这身行头却让我莫名安心。在这艰难的一天，我的确应该这么穿。

我晨起祷告，按部就班，心虔志诚地念完祷告词。晨祷结束后，我上车，开动。大约一小时后，我要与许多数年未曾谋面的人见面，不停与人握手，还要用上等的瓷杯喝下不知多少杯茶。为了消磨这一个小时，我漫无目的地四处行驶。我行驶在记不太清的苏塞克斯蜿蜒的乡村公路上，直到察觉自己正朝着市中心前行，就随便变了条道，向左一转，再向右一转。那时我才意识到自己正驶向何方，自始至终驶向何方。我为自己的愚蠢皱了皱眉，十分懊恼。

我正驶向一栋消失了几十年的房子。

眼前宽阔的大路曾经是一片大麦田边的一条燧石小路，我行驶在路上，脑中冒出掉头的念头：掉头离开，不去揭开尘封的往事。可我按捺不住好奇心。

从五岁到十二岁，我在老屋里生活了七年，后来老屋被推倒，永远消失在了时间长河中。我父母在花园边缘盖了栋新房子，建在杜鹃花丛和被我们叫作“精灵环”的环形绿草地之间。新房子在三十年前就卖掉了。

见到昔日的新房子，我放慢车速，它在我心中永远完好如初。我把车停在车道上，打量着这幢70年代中期的建筑物现在的样子。我忘了墙砖的颜色是巧克力色。房子的新主人把我妈妈的小阳台改造成了双层阳光房。我凝视着房子，回忆起的少年往事不及预料的那么多：没什么美好的时光，也没什么糟糕的时日。少年时代的我曾在这里住过一阵子，可这里似乎并未与如今的我有什么相关。

我倒车驶出车道。

我知道，是时候开往妹妹热热闹闹的房子，度过彬彬有礼、举止拘谨的一天了。我得同十年前就忘却的人闲聊，他们会问起我的婚姻（我十年前就离婚了，这是一段日渐损耗、难逃破裂结局的婚姻），是否有交往对象（我没有，我甚至不敢说我以后会有），孩子们怎么样（他们都长大了，有了自己的生活，他们真希望今天能过来），工作呢（挺好的，谢谢你的关心。我会这么应答，永远不知道该怎么说自己的事。如果我擅长谈论这件事，我就不必去做了。我从事艺术创作，有时做的是真正的艺术，有时这能填补我生命中的一部分空虚，但不是全部）。我们还会谈论逝者，一同追思缅怀。

童年记忆中的乡间小路已变为黑色的柏油路，成了夹在两片杂乱无章的居民区之间的缓冲地带。我继续向前行驶，离城市越来越远。我不该开上这条路，但这感觉却出奇地好。

平滑的黑色马路越来越窄，越来越曲折，渐渐缩为童年记忆中的单行道，满是泥土和疙疙瘩瘩的燧石。

不久之后，我放慢速度，颠簸地行驶在小路上。小路两边不是榛子树和野生矮树篱，就是黑莓丛和野玫瑰。我仿佛行驶在时间逆流中，这一条小路还是我记忆中的样子，除此之外一切都很陌生。

我行驶过葛缕子农场。记得十六岁那年，我亲吻了一个脸颊红扑扑的金发女孩凯丽·安德斯，她就住在这里。那时她们一家人很快就要搬去苏格兰的设得兰群岛，再等下去，我就再也没法亲吻她或见到她了。随后，道路两边变为大片的农田，过了大约一英里后，又变为杂草丛生的草场。乡间车道慢慢变得泥泞崎岖，就快到尽头了。

在转弯看到那栋建筑之前，我就想起了它：赫姆斯托克家的农舍，墙体红砖残破，虽年久失修却仍不失其气韵。

我依然心里一惊，尽管心知肚明这儿就是车道的尽头。前面没有路了。我把车停在农场边，心里没底。不知过了这么多年，还有没有人住在这里，确切来说，赫姆斯托克一家是否还住在这里。这不太可能。不过，仅凭我零星的记忆，她们一家本身就不同寻常。

一下车，湿牛粪的臭气扑鼻而来，我小心翼翼地穿过小院，来到前门。找来找去没找到门铃，我就敲了敲门。门没有锁好，我用指关节叩了几下，门就轻轻地开了。

很久很久之前，我是不是来过这里？我一定来过。童年的记忆常常会被后来发生的事掩盖，变得隐约朦胧，如同大人塞得满满当当的衣柜底部的幼时玩具，可这些记忆并未永久消失。我站在门口，大喊："你好！有人吗？"

没人回应。我闻到了烤面包的香气，还有上蜡的家具和古木的气味。眼睛逐渐适应黑暗后，我向屋里望了望。正当我打算掉头离开时，一个老太太手拿一块白色抹布，从昏暗的门廊走了出来。她留着灰白色的长发。

"赫姆斯托克太太？"

她把头歪向一侧，看着我说："没错，我认识你，年轻人。"我不是个年轻人，早已不是了。"我认识你，但人一旦年纪大了，脑子就难免糊涂。请问你是谁？"

"我想我上次来这里是七岁或八岁的时候。"

老太太笑了笑。"你是莱蒂的朋友？从车道上头来的？"

"你给我喝过新鲜挤出的牛奶，奶还是温热的。"话一出口，我才意识到那是多久之前的事。"不，不是你，给我牛奶的一定是你的母亲。抱歉。"随着年纪越来越大，我们会成为父母，在人生长河中看到相似的脸庞重复出现。我记得赫姆斯托克太太，也就是莱蒂的母亲，是个矮胖敦实的女人，而眼前的老太太骨瘦如柴，看上去弱不禁风。她更像赫姆斯托克太太的母亲，我所认识的赫姆斯托克老太太。

有时我照镜子时，会在镜子中看到父亲的脸。我记得他每次出门前，都会对镜子里的自己微笑，并赞许地说："真精神！真不错！"

"你是来这儿看莱蒂的吗？"老太太问。

"她在这儿？"我很诧异。她不是去了很远的地方吗？美国？

老太太摇摇头："我要去烧开水。你想来杯茶吗？"

我犹豫了一下，询问她能否先为我指一下鸭塘在哪里。

"鸭塘？"

我记得莱蒂对那片鸭塘有个很有意思的称呼。"莱蒂好像管它叫大海。"

老太太将抹布搁在碗橱上："你不能喝大海里的水，对吧？又咸又腥，就像鲜血一样。你还记得路吗？绕过房子，沿着小路一直走就到了。"

如果在一个小时前听到这个问题，我的回答一定是"不"，我不记得路，我甚至可能不记得莱蒂·赫姆斯托克这个名字。可一站在这栋房子的门廊，尘封的回忆骤然掀开，隐藏于边边角角的记忆呼之欲出。如果你告诉我说，我重返到了七岁那年，恍惚之间，我也许会信以为真。

"谢谢。"

我走进农场，沿着边缘往前走，路过鸡笼和老旧的棚屋，想起了自己正身处何处，忆起了前方将有何物，心里一阵狂喜。草地边立着一排榛子树，我摘了一把还没成熟的嫩绿榛子，放入口袋。

池塘就在前面，我心想，只要绕过前头的棚屋，就能看见了。

我看到了池塘，一股古怪的自豪感油然而生，仿佛找回的过往吹散了岁月的阴霾。

池塘比我记忆中的小，对面的岸边有一栋小木屋。小路边有一张古雅而沉重的长椅，原木和金属相辅相成，几年前上过绿漆的木板条片片剥落。我坐在长椅上，凝视天空在水中的倒影、拥在池塘边缘的浮萍，还有五六片宁静的睡莲叶。我时不时将一枚榛子丢进池塘中央，这片池塘被莱蒂称作……

大海？好像不是。

莱蒂应该快五十岁了吧。就冲她小时候那天真活泼的谈吐，她应该比我大不了几岁。相遇那年她十一岁，而我……我几岁来着？记得那时我刚过完糟透了的七岁生日派对，所以那时我应该是七岁。

我们是不是掉进过水里？我是不是把她——这个住在车道尽头的农场里的奇异女孩给推到了鸭塘？她沉入水中的一幕在我脑海里闪过。也许她也把我推下水过。

她去了哪里？美国？不对，是澳大利亚。没错，就是澳大利亚，离这里很远很远。

这不是一片大海，而是一片海洋。

莱蒂·赫姆斯托克的海洋。

我记得，我想起来了，我想起了一切。

1

没人来参加我七岁的生日派对。

桌上摆着果冻和糖浆松糕冷布丁，每个位子边都有一顶生日派对帽。生日蛋糕放在桌子中央，上头插着七根蜡烛，还用糖霜画了一本书。张罗生日派对的母亲告诉我，蛋糕店的女老板说他们从没在生日蛋糕上画过书。一般来说，男孩子们大多要求画足球或宇宙飞船，我是第一个选书作为生日蛋糕花饰的小孩。

时间一分一秒过去，眼看不可能有人来了，母亲将蛋糕上的七根蜡烛一一点燃，我一口气吹灭。接着大家开始吃蛋糕，我吃了一块，我妹妹和她带来的一个小伙伴也吃了一块（她俩只是来凑个热闹，算不上生日派对的参与者）。吃完后，两个小姑娘咯咯笑着跑到花园玩去了。

母亲精心准备了几个派对游戏，可惜压根没人来参加派对，妹妹也出去玩了，凑不够人，所以一个游戏也没玩成。我擅自拆开了丢手绢游戏的奖品，报纸里包着的是一个蓝色的塑料蝙蝠侠模型。没人来参加生日派对让我很难过，但眼前的蝙蝠侠模型让我破涕为笑。除此之外，还有一份生日礼物等着我读个痛快，那是一整套《纳尼亚传奇》。我把这套书拿上楼，躺到床上，沉入书中的故事世界。

我喜欢读书，书比人能带给我更多的安全感。

父母还送了我一张《吉尔伯特和苏利文精选歌剧集》的黑胶唱片，为我已有的两张这两位剧作家的唱片再添一张。我三岁时就喜欢上了他们，契机是父亲最小的妹妹，也就是我的小姑，带我去看了他们的著名歌剧《艾俄兰斯》。戏里有一帮贵族和一群仙女，我发现仙女的一颦一笑、一举一动比贵族的言行举止、所作所为好理解得多。我的小姑不久后患上了肺炎，在医院病逝。

当天晚上，父亲下班时带回家一个小纸箱，纸箱里窝着一只毛茸茸的小黑猫，不知是公是母。我立即给它取了个名字——“茸茸”，且在此后一直全心全意地爱着它。

夜里，茸茸睡在我的床上。当妹妹不在旁边时，我会对茸茸说话，怀着一丝它口吐人言回应我的期待。它从没说过话，这没有关系。对于一个刚刚在满满的一桌子糖霜饼干、果味牛奶冻、蛋糕和空荡荡的十五把折叠椅前度过七岁生日的孩子来说，它无疑是个温情满满、有趣可爱的好伙伴。

我不记得自己有没有问过班上的孩子为什么没来参加我的生日派对。没有问的必要。他们只是和我一同上学的人罢了，算不上我的朋友。

就算我交了朋友，也交得很慢。

我有书，还有我的小猫咪，我俩就像迪克·惠廷顿和他的猫一样关系匪浅[1]。倘若茸茸天赋异禀、颖悟绝伦的话，那我们就会像穿靴子的猫和磨坊主的儿子一样成为一对好拍档。小猫喜欢睡在我的枕头上。我每天放学时，它会在房门前的车道边等我回家。可这样的美好只持续了一个月。一个月后，它被一辆出租车碾过，乘客是我家一间小屋的新租客——一名猫眼石矿工。

悲剧发生时我并不在场。

那天，我放学回家，没有见到等候我的小猫。厨房里有个四肢修长、皮肤棕褐、穿着方格衬衫的高个子男人正在桌边喝咖啡。我闻得到咖啡味。那时的咖啡都是速溶咖啡，用罐子里苦唧唧的黑褐色粉末冲泡而成。

"很抱歉，我来这儿时出了点小小的意外。"他的语气很轻快，"但你不用担心。"他短促的口音听起来很奇怪：这是我第一次听到南非腔的英语。

熟悉的一幕——他面前的桌子上放着一个纸箱。

"那只小黑猫是你的吧？"

"它叫茸茸。"

"哦。我刚才说了，出了点小意外，但你不用担心，尸体我已

1 传说迪克·惠廷顿是个贫苦的孤儿，他来到伦敦，为一个富商的厨师做帮厨。富商有一艘货船要发往北非，他通知仆人们可送一件东西与他的货一并出售，惠廷顿除了一只猫以外一无所有，就把猫送去了。因为船所到的地方鼠患成灾，那只猫出人意料地卖了个好价钱。惠廷顿靠这笔钱一跃成为上流社会的人，最终担任了三任伦敦市长。——译注（本书中注释如无特别说明，均为译注。）

经处理掉了，你不必亲自收拾这个烂摊子。来，把箱子打开。”

“啊？”

他指向纸箱，说：“打开。”

猫眼石矿工个子很高。我每回见他，他都穿着不变的牛仔裤和格子衬衫，除了最后一次。他脖子上总挂着一条粗金链子，金链子在我最后一次见他时也不见了。

我不想打开纸箱，我想独自离开，找个没人的地方为我的小猫哭泣。可有人看着我，我不能哭。我想为小猫哀悼，我想将它埋到花园深处。在“精灵环”另一头的杜鹃花丛中有一个小洞，恰好被草堆遮住。除了我，没人知道那个地方。

纸箱动了动。

“特意为你买的。”猫眼石矿工说，“将功补过。”

我伸出手，掀开纸箱的盖子，心想也许他只是在开玩笑，也许我的茸茸就在纸箱里。可事与愿违，出现在我面前的是一张凶巴巴的姜黄色猫脸。

猫眼石矿工把猫抱了出来。

这是一只姜黄色条纹的公猫，块头挺大，一只耳朵缺了一半。它愤怒地瞪着我，显然是不习惯也不喜欢被关在纸箱里。我心怀背叛茸茸的愧疚之情，伸出手想抚摸它的脑袋，可它往后一缩，躲开了我的触碰，还冲我嘶吼了一声，接着趾高气扬地走到屋里老远的一个角落，蹲坐下来，眼中满是愤恨。

“那就解决咯，一猫换一猫。”猫眼石矿工用他粗糙的大手揉了揉我的头发，说完后走向门口，留我一人和猫共处一室，可这只猫不是我的茸茸。

临出门时，猫眼石矿工转头说："它的名字叫'老怪'。"

这真是个糟糕透顶的玩笑。

我给厨房门留了道缝，好让猫自由进出，接着回到卧室，躺在床上为死去的茸茸哭泣。那天晚上父母回来时，我记得他们根本没提小猫的事。

"老怪"在我家住了七八天。每天早晚，我会在碗里为它放好猫粮，就和照顾茸茸时一样。它会蹲伏在后门，等候我或其他人放它出去。我们曾在花园里见过它的身影，它或是在灌木丛间疾行，或是在树丛里穿梭。花园里时常有被它咬死的蓝山雀和画眉，但我们很少亲眼看到它。

我想念茸茸。我知道一个生命难以被替代，但我不敢向父母诉苦。他们无法理解我的悲伤。在他们看来，就算我的小猫死了，不又有新的猫来了吗？损失不就得到弥补了吗？

坐在绿色长椅上，坐在我曾一度听信莱蒂这是一片海洋的池塘边，童年记忆蓦然涌现。可我知道，这些归来的记忆很快就会被我忘却。

2

虽然时而有心满意足的时刻，但我的童年整体而言并不快乐。比起现实，我更愿意沉浸在书中的世界。

我家的房子很大，有许多房间。在刚刚买下且我爸还有钱的时候，我觉得这栋房子很棒，可后来……

一天下午，父母郑重地把我叫进他们的卧室。我以为自己犯了什么错，正打算挨一顿批，却听他们说：我们家已不再富裕，因此每个人都要作出一点牺牲，而我要牺牲的是我的卧室——顶楼的一个小房间。我很伤心。我的卧室里有一个黄色的小洗手盆，那是父母为我特意定制的。卧室在厨房上方，紧挨楼梯口，斜对着楼下的电视房。每晚透过半开的房门，电视里大人们隐隐约约的谈话声会传进房间，令我不再孤独，安然入睡。更重要的是，在我的卧室，我可以作主，夜里半开着门，让走廊里昏暗的光亮照进来。这样的话，一来我不必受怕黑之扰，二来我能在就寝时间后偷偷看书，如果我有这种需求，当然，我总是有这种需求。

被“流放”到妹妹的大卧室，我并没有特别伤心。卧室里有三张床，我选了靠窗的一张，这样我就可以直接爬到窗外铺着地砖的长阳台上，也可以在夜里开着窗睡觉，任和风细雨拂过我的面颊。但妹妹和我总闹矛盾，动辄会吵起来。她喜欢关着门睡觉，我俩针对卧室门是开是关的争吵一触即发，互不让步，但母亲大笔一挥，画了一张表格贴在门后，规定我俩每晚轮流决定门的开关，就这么调和了这一矛盾。晚上的我时而害怕，时而满足，这完全取决于门的开关。

顶楼我原来的卧室被租了出去，租客形形色色。我觉得他们每个人都不怀好意：他们睡在我的卧室里，使用专为我定制的黄色洗手盆。租客有这么些人：一位来自奥地利的胖女士，她告诉我她灵魂能出窍，还能在天花板上走来走去；一位来自新西兰的学建筑的大学生；一对美国夫妇，当发现他们没结婚时，母亲一怒之下赶走了他俩；而现在住着的，就是那位猫眼石矿工。

他是南非人，尽管他是靠在澳大利亚挖猫眼石发的财。他送了我和妹妹每人一颗猫眼石——石头表面粗糙，黑乎乎的，闪着绿色、蓝色和红色的光泽。我妹妹很宝贝她的猫眼石，为此她对矿工很有好感，但我因茸茸的死而绝对无法原谅他。

春假的第一天我早早醒来。春假连放三周，一想到有大把空闲时间可自由支配，我心花怒放。我可以纵览书海，尽情探索。

我穿上短裤、短袖和拖鞋，来到楼下的厨房。父亲正在烧早饭，母亲还在睡觉。父亲的睡衣外披着一件睡袍，他总在周六做早餐。我问："爸爸！我的漫画呢？"通常，父亲在每周五下班后，会先给我买一本漫画周刊再开车回家，而我会在周六早晨欣赏最新一期漫画。

"在汽车后座上。"父亲说，"你要吃吐司吗？"

"要，但别烤焦了。"

父亲不喜欢用烤面包机，他喜欢用烤架，经常烤焦吐司。

我走到屋外的车道上，四下张望，接着回到屋里，推开厨房的门走了进去。我喜欢厨房的门，它可以双向推开，所以六十年前的仆从们可双手端盘走进走出，收走空盘，端出新菜。

"爸爸，车呢？"

"在车道上。"

"我没看见。"

"什么？"

电话铃响起，父亲走到门口接电话，我听见他与电话那头的人说了些什么。

烤盘上的吐司开始冒烟。

我站上一张椅子，关掉烤架的电源。

"是警察打来的电话。"父亲说，"有人报警，说看到我们的车被丢在车道尽头。我说我自己还没报警说车被偷了呢。好嘞，我们现在就去和他们碰头。哎呀，吐司！"

他把烤盘从烤架里抽出来。吐司冒着烟，一面已经焦了。

"我的漫画还在吗？有没有被偷走？"

"我不知道，警察没提到你的漫画。"

父亲往每片吐司烤焦的一面上涂了些花生酱，接着脱下睡袍，直接在睡衣外套了件外套，换好鞋，和我一同沿着车道向下走。父亲一边走一边大口咀嚼吐司，我拿着自己的那片吐司，没有吃。

我们沿着窄窄的小路大约走了五分钟，车道两边都是田野。一辆警车从后方开来，在快追上我们时放慢速度，开车的警察叫喊我爸的名字，和他打招呼。

在父亲和警察谈话时，我把烤焦的吐司藏到背后。我希望家里人能买一般人家吃的那种切片白吐司，适合放进烤面包机里的那种。父亲发现当地有家面包店出售又厚又硬实的长条黑面包，就铁了心一定要买。他说黑面包口感更好，但在我看来一派胡言。松软白嫩、入口即化且提前切好片的白面包才是用来烤制的不二之选。

开车的警察靠边停车，下车后打开后座车门，叫我上车。我父亲坐上副驾驶座。警车沿着车道缓缓行驶。那时车道还没有铺砌，宽度只容一辆车通行，路面坑坑洼洼，忽上忽下，还散落着七零八落的燧石，让行驶的车颠来簸去。这一派胡乱之景全拜农场设备、风吹雨打和时间流逝所赐。

“那些孩子呀，”警察说，“就是贪玩。偷辆车，兜一圈，丢在路边，拍拍屁股就走了。一定是当地的孩子。”

“幸好这么快就找到了。”父亲说。

路过葛缕子农场时，一个头发淡金色、脸蛋红扑扑的小女孩看着我们驶过。我的手放在大腿上，紧紧捏着焦吐司。

“不过，真没想到他们会把车停在这里。”警察说，“这地方挺偏僻的。”

我们转了个弯，看到父亲的白色迷你车停在路边一片农田的入口前，四个轮胎深深陷入棕色的泥地。我们越过它，停在一片草地上。警察帮我打开车门，我们三人一同走向迷你车。警察一边走，一边告诉我父亲这一带的犯罪情况，还解释了为什么这明显是当地小孩干的好事。走到车边，父亲拿出备用钥匙，打开车后座的门。

他说：“后座有东西。”他不顾警察的劝阻，一把扯开盖在后座上的蓝色毛毯。我目不转睛地盯着后座，因为我的漫画在那儿，然后我就看到了它。

我看到了它，而不是他，因为它已经没有了人的样子。

我是个喜欢胡思乱想的孩子，常常做噩梦。尽管如此，六岁那年我还是说服了父母带我去参观杜莎夫人蜡像馆，因为我特别想看一看恐怖屋，亲眼目睹我在漫画里见过的妖魔鬼怪，让吸血鬼尼古拉、狼人或科学怪人弗兰肯斯坦用碎尸块造出的怪物给我带来无与伦比的刺激。可行走在蜡像馆里，我看到的只是望不到边的一幅幅透视画，一个个毫不起眼、阴沉抑郁的男男女女。他们杀过人，大多是房客或家庭成员，接着因果轮转，他们自己也被杀了：绞刑、电椅或毒气室。这些作品大多是尴尬的社交场景，凶手和受害者围坐在餐桌边，中毒的受害者死气沉沉。标牌上的介绍语写道：绝大多数凶手谋杀家人后会将尸体售出，供人解剖。从那时起，“解剖”一词在我心中笼罩上了恐怖的阴影。我不知道“解剖”是什么，我只知道“解剖”会让人杀死自己的孩子。

我在恐怖屋里四处转，有一点让我无比抓狂：没有一个蜡像具有真实感，他们看上去完全不像真正的死人，因为他们从来没有活过。

车后座上盖着蓝色毛毯（我认识那条毛毯，它放在我原来卧室的搁架上，天冷时会拿出来用）的东西同样没有真实感，看起来有点像猫眼石矿工，但样子很怪异：它穿着黑西服和起皱的白衬衫，领口系着一个黑色蝴蝶领结，梳着油光发亮的背头，双眼瞪出，嘴唇乌青，皮肤特别红润，红润到虚假的地步。它的脖子上没有金链子。

在它身下，我看到了我的漫画周刊——书被压弯了，皱得不成样子。封面上是蝙蝠侠，样子和电视上一模一样。

记不清谁说了句什么话，总之他们叫我站得离迷你车远一点。我独自穿过马路站定，此时警察正一边和我父亲交谈一边在笔记本上记录。

我凝视着迷你车，发现驾驶座的窗口塞进了一段花园浇水软管，软管的另一端与汽车排气管相连，排气管口被一大坨泥巴敷得严严实实。

没人在看我，我咬了一口烧焦的吐司，又凉又难吃。

在家里，父亲会吃掉大多数烤焦的吐司。“呀！”他会说，“吃点焦炭！养生保健！”他还会说：“烤焦的吐司！我的最爱！”说完他就会把吐司吃个精光。当我年纪更大时，他向我坦白说他一点都不喜欢烤焦的吐司，吃只是为了避免浪费。在那一瞬间，我的整个童年生活变得像个谎言，好似支撑世界的一根信念之柱刹那间分崩离析。

警察正在他的车前拿着对讲机说话。

接着他穿过马路，走到我面前，说：“小家伙，真是对不起，这条路上马上有很多车要开过来，所以我们得把你安顿到一个不挡路的地方。你愿意再次坐上我那辆车的后座吗？”

我摇摇头，我不想再次坐上那辆车。

旁边不知何时冒出一个女孩。她说：“他可以到我家农场来，不用客气。”

她的年纪比我大，至少十一岁，头发对一个女孩来说有点短，鼻子小巧挺翘，脸颊上有雀斑。她穿着一条红裙子（在那个时候，在那一带，女孩子还不穿牛仔裤），稍微有点苏塞克斯口音，蓝灰色的眼睛炯炯有神。

女孩和警察走向我父亲。在征得父亲的同意后，她带着我沿着小路向她家走去。

我说：“我们家的车里有个死人。”

“他故意把车开到这里，”女孩说，“开到车道尽头，凌晨3点，这样就没人能发现并制止他，而且这儿潮湿的泥土很容易凝固。”

“你觉得他是自杀的？”

“没错。你喜欢喝牛奶吗？我姥姥正在给贝丝挤奶。”

“你是说从牛身上挤出的奶？”话一出口，我就觉得自己说了傻话，但女孩点点头，让我松了口气。

我心想：我只喝过瓶装奶，还没喝过刚挤出的鲜奶。“那一定很好喝。”

我们在一个小牛棚前停下。一个比我的父母老得多的老太太正站在一头奶牛边。老太太有一头蛛丝般的灰色长发，面庞瘦削。有几根黑色的管子吸附在奶牛的乳头上。“我们以前都用手挤奶，”老太太说，“现在这样可轻松多了。”

她向我展示牛奶如何沿着黑色管子流进机器，经冷却后流入一个大大的金属奶桶。奶桶放在牛棚外一个厚重的木台子上，每天都会有人开一辆卡车来取奶桶。

老太太给了我一杯从奶牛贝丝身上挤出的奶——冒着泡、浮着奶油、未经冷却的新鲜牛奶。我从没喝过这么好喝的牛奶：醇厚温暖，在我嘴里跃动流淌。后来我几乎什么都忘了，但仍记得这杯牛奶的滋味。

“车道上又来了几个人。”老太太突然说，“开来的车全都打着闪烁的警灯，乱哄哄的。你得带这个男孩去厨房，他饿了，一杯牛奶对一个正在长身体的男孩来说可远远不够。”

女孩问我：“你吃过早饭了吗？”

“我只吃了一片烤焦的吐司。”

女孩说：“我叫莱蒂，莱蒂·赫姆斯托克。这儿是赫姆斯托克农场。跟我来。”她带我穿过前门，走进她家的大厨房，让我在一张宽大的木桌边坐下。木桌上满是污痕和奇特的纹路，仿佛有一张张脸在这陈年古木上盯着我看。

“我们早饭吃得很早，”莱蒂说，“破晓的时候就要开始挤奶。不过炖锅里还有粥，果酱也有，可以倒进粥里。”

她给我盛了一碗热腾腾的粥，并在粥里放上一大勺自制的黑莓酱——我的最爱，然后又往上倒了一层奶油。我用勺子把这碗粥搅成一团紫色的糊糊，津津有味地吃了起来。味道好极了。

一个矮壮的女人走进厨房，红棕色的短发夹着几缕银丝，双颊红润，身穿及膝的深绿色裙子，脚蹬长筒雨靴。她说：“这一定是住在车道上头的那个男孩吧。车那事闹得还挺大的，看来我们得给五个人准备茶水。”

莱蒂把一个大大的铜水壶拎到水龙头下接满水，划亮火柴点燃煤气炉，把水壶放到火焰上，接着从橱柜里拿出五个带点缺口的杯子，犹豫了一下，抬头看向女人。女人说：“你是对的，六个人，还有医生也会来。”

女人噘起嘴，吹出一声响亮的口哨。“他们没注意那张纸条。”她说，“他写得那么用心，折叠整齐后放入胸前的口袋，可他们根本没留意。”

“纸条上写了什么？”莱蒂问。

“你自己读读看。”女人说。我猜她是莱蒂的母亲，她看上去就像个母亲。她接着说：“纸条上写着，他拿着朋友们委托他偷运出南非、存入英国银行的钱，还有他几年来挖猫眼石所挣的钱，到布莱顿赌场赌博。一开始他只打算用自己的钱，后来也只打算用朋友给他的钱赢回自己输掉的钱。”

“结果他输得分文不剩。”女人接着说，“什么都没了，只剩黑暗。”

“可他不是这么写的。”莱蒂眯起眼睛，“他写的是：‘致我的朋友们，对不起，我不是故意的，希望你们能打心底里原谅我，因为我无法原谅我自己。’”

“一回事。”女人转向我，“我是莱蒂的母亲，我的母亲你已经在奶牛棚里见过了。我是赫姆斯托克太太，她曾经是赫姆斯托克太太，所以她现在是赫姆斯托克老太太。这里是赫姆斯托克农场，这一带最古老的农场，在《末日审判书》[1]里就有记录。”

我很好奇她们为什么都姓赫姆斯托克，可我没问，我同样没敢问为什么她们知道猫眼石矿工的遗书和他死前的所思所想。她们说这件事时就事论事，非常淡然。

莱蒂说：“我轻轻推了一下他，指了指那人胸前的口袋，他会觉得是自己发现的。”

“干得不错。”赫姆斯托克太太说，“等水烧开时，他们就会来这儿一边喝茶，一边询问我有没有看到可疑的东西。你为何不带着小男孩去池塘边转一转呢？”

“那不是池塘，那是我的海洋。”莱蒂转向我，“跟我来。”她带着我来到屋外，走在来时的路上。

天空依旧灰暗阴沉。

我们沿着奶牛踏过的小路，绕过房屋。

“那真的是一片海洋？”我问。

“没错。”

1 《末日审判书》：Doomsday Book，又名《土地赋税调查书》，由征服者威廉一世下令调查汇编的英格兰人口、土地和财产的调查报告。

眼前骤然出现一栋小木屋，一条旧长椅，还有两者之间的一片鸭塘，暗沉的池水上漂着些许浮萍和睡莲叶。一条死鱼翻着肚皮浮在水面上，像一枚钱币一样银光闪闪。

“不妙啊。”莱蒂说。

“你说这是一片海洋。”我对她说，“可这怎么看都只是个池塘。”

“这就是一片海洋。”莱蒂说，“当我还是个小宝宝时，我们从古国出发，越过这片海洋来到了这里。”

莱蒂走进木屋，拿出一根长长的竹竿，竹竿顶端绑着的像是个捕虾网兜。她俯身探出竹竿，小心翼翼地兜住死鱼，把它捞上岸。

“可赫姆斯托克农场在《末日审判书》上有记录。”我说，“你妈妈是这么说的，那是征服者威廉[1]那年代的事了。”

“没错。”莱蒂说。

她把死鱼从网兜里倒出来，拎起来仔细查看。鱼身还软软的，没发硬，无力地耷拉在她的手中。我从没在一条鱼身上见过那么多色彩：鱼鳞是银色的，没错，可银色之中还透着蓝色、绿色和紫色，流光溢彩，每片鱼鳞的尖端还点着黑色。

“这是什么鱼？”我问。

“很不对劲。”莱蒂说，“这片海洋中的鱼大多是不会死的。”她不知从何处拿出一把小折刀，刀柄是个动物的角。她用刀剖开鱼腹，一直划拉到鱼尾。

1 征服者威廉：1028—1087年，诺曼王朝首位英格兰国王（1066—1087年在位）。

“是这东西在作怪。”

她从鱼腹里取出一个东西，放到我的手上。一个油腻腻的小圆片，仍沾着动物内脏的汁液。我把它浸在水中，用手指搓洗干净。我看着小圆片，而小圆片上的维多利亚女王正看着我。

“六便士银币？”我说，“鱼把这枚银币给吞了？”

“这挺惨的，不是吗？”莱蒂说。天空透出了一线阳光，映照出她脸颊和鼻子上成片的雀斑。她的头发经阳光照耀，显现出赤铜的色泽。她说：“你父亲正在纳闷你去哪儿了。我们回去吧。”

我把那枚六便士递给莱蒂，可她摇摇头，说：“给你吧。你可以用它来买巧克力或柠檬果子露。”

“恐怕不行。”我说，“它的面值太小了。我想在这年代，没有商店会收六便士银币。”

“那就把它放进你的储蓄罐吧，没准会给你带来运气。”莱蒂说这句话时有些犹豫，似乎并不确定它会为我带来哪种运气。

我的父亲、几位警察和另外两个身穿棕色西装、打着领带的男人正站在农舍的厨房里。一个男人对我说他是警察，可他没有穿制服，这让我很扫兴：如果我是警察，我一定不会放过任何穿制服的机会。我认出了另一个穿西装、打领带的男人，他是史密斯医生——我们家的家庭医生。看样子他们刚刚喝完茶。

我的父亲感谢赫姆斯托克太太和莱蒂对我的照顾，她们说我完全没给她们添麻烦，还说我想来随时可以再来。载我们过来的警察又开车把我们送到家门口。

“你最好别把这事告诉你妹妹。”父亲说。

我不会将今天发生的事告诉任何人：我到了一个奇特的地方，交了一个新朋友，丢了漫画，手里正紧紧捏着一枚古老的六便士银币。

我问：“海洋和大海有什么区别啊？”

“海洋更大。”父亲说，“海洋要比大海大得多。你怎么想起问这个？”

“就随便问问。”我说，“会不会有一个像池塘那么大的海洋呢？”

“不可能。”父亲说，“池塘有池塘的尺寸，湖泊有湖泊的尺寸，大海就是大海，海洋就是海洋。大西洋、太平洋、印度洋、北冰洋，我想世界上就只有这四大洋。”

父亲走向楼上的卧室，和母亲交谈了一会儿，接着开始打电话。我把六便士银币塞进我的小猪存钱罐。由于只能存不能取，等它再也塞不进钱币时，我才能打破它，可现在它离装满还差得远着呢。

3

我再也没有见过那辆白色迷你车。两天后的周一，父亲收到一辆黑色罗孚。这辆汽车比迷你车大，但坐上去没有迷你车那么舒服。红色真皮座椅布满裂纹，散发着一股陈年的雪茄味儿。若在这辆车的后座上坐太久，很容易晕车。

周一早晨到来的除了这辆黑色罗孚，还有寄给我的一封信。

我今年七岁，从小到大从没收到过信。我收到过爷爷奶奶还有我并不认识的艾伦·亨德森寄来的生日贺卡。艾伦·亨德森是我母亲的朋友，住在一辆房车里，他会在我过生日时送我一块手帕。虽然没收到过信，我还是会每天查看邮筒，看看有没有寄给我的东西。

那天早晨，居然真的有一封寄给我的信！

我拆开信封，没看懂信里写了什么，便把信交给母亲。

“你中了有奖债券。”母亲说。

“什么东西？”

“你姥姥在每个孙子孙女出生时都会给孩子买一份政府有奖债券，你也不例外。你要是中了大奖，可以赢几千英镑呢。”

“我赢了几千英镑吗？”

“没有。”她看了一眼信封中的纸片，“你赢了二十五英镑。”

没有赢得几千英镑（我早就想好了要用这笔巨款来干什么，我会买下一个地方，在那儿独自生活，比方说一个入口隐蔽的蝙蝠洞穴），我有些失落，但一笔天降之财还是令我喜出望外。二十五英镑。一便士能买四小块黑杰克口香糖或水果沙拉口香糖，也就是一法寻一块，不过现在法寻已经不能用了。二十五英镑，一英镑等于二百四十便士，一便士可以买四块口香糖……好多好多糖，多得算都算不清，想都不敢想。

“我会把这笔钱存进你的邮政账户。”母亲的这番话粉碎了我的美梦。

那天早上，我没有吃到比往常更多的甜食，但我感觉自己非常富有。在此之前，我从没赢到过任何东西。

在母亲把纸片放进手提包之前，我请求她让我看了一眼印有我名字的纸片。

当天下午，老韦勒（他每周一和周三下午会过来干一些园艺活，他的妻子韦勒太太则会在每周三下午穿着半透明的橡胶套鞋来我家打扫卫生）在菜园里挖出一个装满钱币的瓶子——里面有一便士、半便士、三便士，甚至还有法寻，没有一枚晚于1937年生产。

我花了一下午，用棕色沙司和醋将这些钱币擦洗得闪闪发亮。

母亲将这个装着古钱币的瓶子放在餐厅的壁炉台上，还跟我说，说不定有哪个钱币收藏者愿意花几个英镑收购这些钱币。

那天晚上，我满心喜悦地上床睡觉。我有钱了，埋藏的宝藏重见天日，这个世界真美好。

我不记得这个梦是如何开始的，可梦就是这个样，不是吗？我在学校，度过了糟糕的一天，从早到晚，我一直在躲避那帮喊我名字、追赶我、群殴我的孩子。我躲到了学校后方茂密的杜鹃花丛中，可还是被他们发现了。这一定是个梦（可我在梦中一无所知，在梦中，一切都无比逼真），因为我的爷爷和他的几个老头子朋友也与这帮孩子是一伙人。那些死灰色皮肤的老头子不停干咳，手上拿着削尖的铅笔，尖锐得能把皮肤戳出血来。我死命奔跑，可他们跑得比我更快。最后，这帮老头子和坏孩子抓住了躲在男厕所小隔间里的我。他们把我按在地上，迫使我张大嘴巴。

我的爷爷（不，这不是我真正的爷爷，这只是一具想把我卖去解剖的蜡像）把一个闪着锐利寒芒的东西塞进我的嘴，用短粗的手指使劲往里推。那东西很硬，棱角分明，给我很熟悉的感觉。我喘不上气来，不停干呕，口腔里满是金属味。

男厕所里，无数道刻薄无情、幸灾乐祸的眼神落在我身上，我极力忍住呕吐的冲动，坚决不让他们从我身上获得任何满足感。

我醒了，喉头梗塞，胸闷气短。

喉咙里有东西，又尖又硬，让我无法呼吸，也无法喊叫。我一直咳个不停，眼泪刷刷流下面颊，涕泪交加。

绝望且惊慌之际，我心一横，把手指伸进嘴里，尽可能往喉咙深处探。食指指尖触碰到一个硬物的边缘，我用食指和中指夹住硬物，用力干咳，顺势将硬物从喉咙里拉了出来。

我大口喘气，一口吐在床单上。吐出的口水中夹杂着血丝，显然我的喉咙在刚才取出异物的过程中被划伤了。

我没有去看那个异物，它被我紧紧捏在手里，黏糊糊的，沾着唾液和痰。我一点都不想看它，一点都不希望这个连通梦与现实的东西存在于世。

我冲到楼下，进入门廊尽头的卫生间，打开水龙头，猛灌几口冷水，拼命漱口。白色洗手池里的血红之色分外醒目。在那之后，我才在白色浴缸边坐下，松开手掌，惊魂未定。

可现在躺在我手里、刚才卡在我喉咙里的东西一点也不可怕——不过是一枚钱币，面值一先令的银币。

我回到卧室，穿好衣服，用打湿的法兰绒面巾把床单上的呕吐物擦干净。但愿床单能在我今晚睡觉前晾干。

我走下楼梯。

我想找人说说这枚钱币的事，但我不知道能和谁说。大人们没指望，就算我一五一十地把事情的来龙去脉讲给他们听，他们也不会信。一直以来都是如此，哪怕我说得句句属实，他们也很少相信我，这种不可思议的事就更别提了，他们会相信才怪。

我的妹妹正和她的小伙伴们在后花园玩。一看见我，她怒气冲冲地跑到我面前，说："你讨厌死了，等爸妈回来，我要到他们面前告你的状！"

“什么？”

“明知故问。我知道是你干的。”

“什么是我干的？”

“躲在灌木丛里，冲我还有我的伙伴扔钱币，太讨厌了！”

“不是我。”

“你弄疼我们了。”

她回到伙伴们身边，一同愤恨地瞪着我。我的喉咙阵阵刺痛，如撕裂一般。

我沿着车道，漫无目的地走着——我只是不想再待在家里了，一刻也不想多待。

莱蒂·赫姆斯托克站在车道尽头的栗树下，看上去仿佛已经等了一百年，而且还能再等上一百年。阳光透过栗树嫩绿的叶子，将她的一袭白裙点缀上缕缕绿意。

我向她打招呼：“嗨。”

她说：“你做噩梦了，是不是？”

我从口袋里拿出那枚银先令给她看。“我醒来时，它卡在我的喉咙里，可我不知道它是怎么进去的。如果是被人塞进去的，我肯定会中途惊醒，可我一醒来，它就在我的喉咙里了。”

“没错。”

“我的妹妹还说我躲在灌木丛里冲她们扔钱币，可我没有。”

“对，你的确没有。”

“莱蒂，到底发生了什么？”

“哦，不过是有人想给大家送钱而已，但搞砸了，不慎惊动了这一带本该沉睡的东西，情况不太妙。”听莱蒂的语气，她说的仿佛是显而易见的事实。

“这和死了的猫眼石矿工有关系？”

“有点关系。”

“是他干的？”

莱蒂摇摇头，然后说：“你吃过早饭了吗？”

我摇摇头。

“那么跟我来吧。”

我们一同走在车道上，沿路有几栋零星散布的农舍，莱蒂指着其中一户对我说：“那栋房子里住着个男人，他梦见自己被卖掉，全身上下都变成了钱。现在，他开始在照镜子时会看到一些东西。”

“什么东西？”

“他自己，但有手指从他的眼眶里戳出来，嘴巴里也有东西伸出来，像是螃蟹腿。”

我想象螃蟹腿从嘴里探出来的镜中人是什么样子。“为什么我的喉咙里有钱币？”

“因为他想给大家送钱。”

“猫眼石矿工？死在车里的那个？”

“嗯，算是吧，这事由他而起，就像有个人点燃了烟花的引线。他的死不过是划着了火硝纸，而眼下四处作乱的另有人在。”

莱蒂用脏兮兮的手揉了揉长满雀斑的鼻子。

“那栋房子里有个女人疯了。”莱蒂指着另一户人家对我说，而我完全没有质疑她。“她在床垫里藏了钱。现在她从早到晚就守在床上，生怕有人来偷。”

“你是怎么知道的？”

她耸了耸肩：“等你再大一些，你自然就会知道。”

我踢了一块石头：“你说的‘再大一些’，指的是‘再过很久’吗？”

莱蒂点点头。

“你到底多大？”

“十一岁。”

我思索片刻，问：“你十一岁多久了？”

她笑而不语。

我们路过葛缕子农场，有两个农民正在这片农场里对骂，日后我会知道他们是凯丽·安德斯的父母。见到我们，他们停止争吵。

转过一个弯，出了凯丽父母的视线范围后，莱蒂说：“那两个可怜人哪。”

“为什么说他们可怜？”

“因为他们一直为钱所困。今天早晨，这个男人梦见妻子……梦见她为了挣钱做了见不得人的事。醒来后，他就翻开妻子的手袋，发现了一沓叠得整整齐齐的钞票。妻子说她不知道这些钱从何而来，可男人不信，他不知道到底该相信什么。”

“所有争吵，所有噩梦，都和钱有关，是吧？”

“不好说。”莱蒂说这话时就像个大人，让我心生惧意。

她接着说：“无论发生什么，总有办法解决。”在看到我脸上担忧乃至恐惧的表情后，她补了一句：“在吃了煎饼之后。”

莱蒂亲手制作起了煎饼。她用一个大煎锅在厨房的炉火上煎出一叠像纸一样薄的煎饼，挤上柠檬汁，往每一片中间啪嗒一下舀上一勺李子酱，再把煎饼像雪茄一样紧紧卷起来。做出够吃的量后，我俩坐到餐桌边，狼吞虎咽，把所有煎饼一扫而空。

厨房里有个壁炉，昨日的炭灰仍闷在里头阴燃。我觉得厨房是个温和友好的地方。

我对莱蒂说：“我有点怕。”

莱蒂对我莞尔一笑：“你一定平安无事，我保证。我就一点也不怕。”

我依然心有余悸：“实在太吓人了。”

“我向你保证，”莱蒂说，“我不会让你受伤。”

“受伤？”一个高昂粗粝的声音突然响起，“谁受伤了？哪儿伤了？为什么会有人受伤？”

是赫姆斯托克老太太。她双手捧着围裙，围裙里兜着好多黄色的水仙花。水仙花反射晨光，为她的脸镀上一层金色，让厨房也沐浴在金黄色的光辉之中。

莱蒂说：“不知什么东西整出了好多麻烦，想方设法给人送钱，要不送到梦里，要不送进现实。”她把银先令递给老太太，“我朋友早晨醒来时，被这枚先令卡住了喉咙。”

老太太把围裙搁在餐桌上，麻利地把水仙花扫到桌面上，接着从莱蒂手中接过银先令，眯眼看了看，拿到鼻子前闻了闻，用手指擦了擦，又拿到耳边听了听，最后伸出紫色的舌头舔了舔。

“新鲜出炉的钱币。”老太太说，“上面印了1912年，但昨天之前它还不存在。”

莱蒂说：“我就知道这枚钱币不简单。”

我抬头看向老太太，问：“你是怎么知道的？”

“问得好，亲爱的。这呀，主要得看电子的变化。电子非常小，你得凑很近才能看到，这群微乎其微的小家伙看上去就像一张张可爱的小脸，而灰扑扑的中子看上去就像皱着眉头的苦瓜脸。对于1912年的钱币而言，上头的电子不应该笑得那么开心。我又检查了铸印的字母和国王头像的边缘，每条边都太脆太锐利了，连磨损之处都像是为了磨损而磨损。”

“你的眼力真厉害。”我惊叹不已。

老太太把钱币递还给我。

“远不如当年了。不过，等你活到我这把岁数，你的眼力也会失去往昔的敏锐。”她放声大笑，像是说了什么特别好笑的事。

“你这把岁数指多大岁数？”

莱蒂看了我一眼，我想我刚刚是不是失言了。有时大人们不喜欢被问及年纪，有时又喜欢。按我的经验，上了年纪的人喜欢，他们为自己的年龄感到自豪。七十七岁的韦勒太太和八十九岁的老韦勒总爱把自己的岁数了挂在嘴边。

赫姆斯托克老太太走向橱柜，拿出几个色彩斑斓的花瓶，说：“非常大的岁数，我小时候天上还没有月亮呢。”

“月亮不是一直在天上吗？”

“亲爱的，那可不对。我记得月亮出现的那一天，大家仰望天空——那时的天空是脏乎乎的棕色混杂煤烟般的灰色，而不是澄澈的蓝绿色。”她走到水池边，把每个花瓶都接到半满，接着拿起一把黑色的厨用剪刀，把每枝水仙花的末端都剪掉了半英寸长的一小段。

我问：“你们确定这不是哪个死人的鬼魂在作祟？我们不会被鬼魂缠住吧？”

莱蒂和老太太都笑了起来。我感到自己十分愚蠢，嗫嚅地说：“抱歉。”

“鬼魂制造不出任何东西。”莱蒂说，“连挪动东西对它们来说都很困难。”

老太太对莱蒂说：“去把叫你妈叫来，她在洗衣服。”她又对我说：“你帮我处理这些水仙。”

我帮她将水仙花插入花瓶。她问我把花瓶放在厨房的什么位置比较好，然后采纳了我的建议，让我感到自己受了重用。

花瓶中的水仙花如同片片阳光，为红地砖、白墙壁、摆满色调沉闷的木质家具的厨房添了几分生动明快之感。

老太太递给我一个小碟子，碟子上盛着一小块蜂窝，取自赫姆斯托克家自家的蜂房，接着她拿起一个罐子，倒了些奶油到蜂窝上头。我用勺子咬着吃，像嚼口香糖一样咀嚼蜂蜡，任蜂蜜流到口腔的角角落落，甜蜜，黏稠，透着野花的香气，回味无穷。

当我刮掉碟子上最后一点奶油和蜂蜜时，莱蒂和她的母亲走进厨房。赫姆斯托克太太仍穿着长筒雨靴，她大步流星地走进厨房，仿佛在赶赴什么十万火急的事。“妈！你怎么能给孩子吃那么多蜂蜜！他的牙会蛀坏的。”

老太太耸了耸肩：“我会和他嘴里的蛀虫打个招呼，让它们别打蛀坏他牙的主意。”

“你不能总对细菌耀武扬威，呼来唤去。”赫姆斯托克太太说，“它们可不喜欢这样。”

“看似好心，实则愚蠢。”老太太说，“要是放手不管那些扭来扭去的虫子，它们就会为所欲为，要多猖狂有多猖狂。让它们明白谁是老大，它们就会乖乖听命于你，为你效劳。你该尝过我做的奶酪，如果细菌不听话，奶酪又怎么会有那种滋味呢？”

老太太转向我，继续说：“我的奶酪曾多次被授予勋章，多次！在老国王统治的时代，他们不惜派出专人，骑马奔波一星期，大老远专程过来买上一块我做的奶酪。来买奶酪的人说，国王本人就喜欢在吃面包时搭配我的奶酪，还有几个王子，迪肯王子、杰弗里王子，甚至小王子约翰都对我的奶酪赞不绝口，宣称这是他们尝过的最美味的奶酪……”

“姥姥。”莱蒂出声打断，老太太打住话头。

莱蒂的母亲说：“你需要一根榛木枝，还有——”她的语气不太肯定，“我想你应该带着这个小家伙一起去，钱币是他的，带上他同行也许更容易接近她。”

“她？”莱蒂问。她正握着合起刀刃的角柄折刀。

“闻味道像是她。”莱蒂的母亲说，“但我不确定。”

“别带这个男孩去。”老太太说，“自找麻烦。”

我很失落。

“没事的，”莱蒂说，“有我照顾他呢。我要和他一同去冒险，他会是我的好伙伴。姥姥，好不好吗？”

我抬起头，满脸期待地看着赫姆斯托克老太太。

“若当真遇上飞来横祸，别怪我没警告过你。”老太太说。

“不会的。谢谢你，姥姥。我会多加小心。”

老太太轻哼一声：“记住，别做蠢事。小心翼翼地接近它，制伏它，切断它的退路，让它再度沉睡。”

“这我都知道。”莱蒂说，“放心吧，我们不会有事的。”

可她说的话并没有应验。

4

莱蒂带我来到老路边的一片榛树林（春和景明，榛树的柔荑花序沉甸甸地垂挂在枝头），折下一根枝条，拿出她的折刀，动作非常娴熟，仿佛同样的动作她已做过成千上万次。她削掉树皮，切出一段Y形的枝丫，接着收好小刀（我仍然没看到她把刀收到了什么地方），双手分别握住Y形榛木枝上端的两个把。

“我不是在用卜棒探测矿脉或水源，”莱蒂对我说，“只是作为引导。我想，我们首先要寻找的是一个蓝色的……蓝色的瓶子，或是某个蓝中带紫、闪闪发光的东西。”

我随她四处张望了一阵，说：“我没看到这样的东西。”

“再找找，一定在这儿。”莱蒂说。

我再次凝神环视四周。我看到了草地，一只在车道另一边啄食草籽的红褐色的鸡，几台锈迹斑斑的农用机器，路边有一张木质台桌，桌上有六个空空的金属奶桶。我看到了赫姆斯托克家的红砖农舍，它就像一只蹲伏在田野上休憩的动物，安然闲适。我看到了春日的花儿开遍田野，白色和黄色的雏菊，金灿灿的蒲公英和小杯子一样的毛茛，还有一株不合时令的蓝钟花孤零零地绽放在那张放有奶桶的木桌下的阴影之中，花瓣上犹挂着亮闪闪的露珠。

“那个吗？”我问。

“没错，你的眼睛真尖。”莱蒂赞许地说。

我们一同走到蓝钟花前。莱蒂闭上眼睛，伸出榛木杖，前后摇晃身子。如果说她是钟表或罗盘的中心，那榛木枝就是转动的指针，正指向我所无法感知的一回午夜或一处东方。“它是黑色的，”莱蒂突然开口，仿佛在描述某样梦中之物，“而且软软的。”

我们离开蓝钟花，走到小路上，在我的想象中，这条路在过去一定是一条罗马驿道。我们爬了一百码的坡，来到迷你车出事的地点，莱蒂发现铁丝网的倒钩上挂着一块黑色碎布。

莱蒂靠近黑布，再次伸出榛木枝，缓缓旋转。“红色。”她笃定地说，“鲜艳的红色。在那边。”

我们向她所指的方向走去，穿过一片草地，走进一片小树林。“在那里！”我激动地说。我在一片青苔上发现了一具小动物的尸体，看样子是只田鼠，没有头，鲜红的血液染红了它的皮毛，滴落在青苔上，红得扎眼。

“好，从现在开始抓住我的手臂，千万别松开。”莱蒂说。

我伸出右手，抓住她左臂胳膊肘稍下的位置。她挥动榛木枝，说：“这边。”

“现在我们要找什么？”

“我们离目标越来越近了，接下来要找的是一场风暴。”

我们在树丛中开出一条道，穿过小树林，进入一片大树林。树木生长得密密麻麻，层层叠叠的枝叶遮天蔽日。我们艰难地穿过树木之间的窄缝，来到一片林间空地。这真是一方蓊蓊郁郁、极目绿意的世界。

左方传来一记远在天边的闷雷声。

“风暴来了。”莱蒂如唱歌般说出这句话。她开始摇摆身体，我抓着她的手臂与她一起摇晃。我感受到，或者想象自己感受到一股电击般的强大力量自莱蒂的手臂导入我的五脏六腑，颇有节奏地搏动着。

她转向另一个方向。我们一同跨过一条林间小溪。她突然一个趔趄，差点摔倒在地。

“我们到了吗？”我问。

“还没。”莱蒂说，“它知道我们在靠近它，它能感受到我们，但它不想让我们接近。”

榛木枝正朝着一个方向猛摆，如同一块磁铁受到了同极排斥。莱蒂咧嘴一笑。

一阵狂风卷起树叶和污泥，打在我们的脸上。我听到远方天空传来隆隆轰鸣，如同行驶的火车发出的声响。视线越来越模糊，透过树叶篷盖望见的天空昏暗无比，似是乌云压境，又似是早晨直接到了黄昏。

只听莱蒂大喊一声："快趴下！"她猛地蹲下身，把我也拉倒到青苔上。她趴在地上，我在她身旁，感觉我俩这个样子有点滑稽。身下的青苔一片潮湿。

"我们要等多久……？"

"闭嘴！"莱蒂厉声呵斥。我立刻闭嘴。

有什么东西穿过树林，从我们头上掠过。我抬起头，看见一个毛茸茸的棕色扁平物，像一张大地毯，边缘不断翻卷拍动。在这张"地毯"前端张着一张血盆大口，朝向地面，嘴里布满几十上百颗微小而锋利的尖牙。

它在我们头顶悬浮了一会儿，身子不停拍动，接着飞远了。

"那是什么？"我问。胸腔里的心脏猛烈跳动，我甚至怀疑自己不一定能站起身。

"那是一匹鬼蝠狼。"莱蒂说，"没想到我们已经到了这种程度。"她站起身，望着那个毛茸茸的家伙远去的方向，随后举起榛木枝，缓缓转动。

"我什么都没感受到。"莱蒂甩了甩头，把眼睛里的头发弄出去，她一直没有松开手中的榛木枝。"要么是它藏起来了，要么是我们离它非常近。"她咬了咬嘴唇，"先令，把卡住你喉咙的那枚银先令拿出来。"

我用左手掏出兜里的银先令，递给莱蒂。

"不。"她说，"我现在不能碰，你把它放到榛木枝的枝杈上。"

我没有问为什么，直接把银先令放到了Y形榛木枝的交叉点上。莱蒂展开双臂，缓缓转动身躯，榛木枝的尖端向外。我跟着她一起转动，可什么也没感受到。没有那种电击般的搏动。转过半圈时，莱蒂停了下来，说：“瞧！”

我看向她所朝的方向，可看到的除了树，就只有树下的阴影。

“不对，看那里。”莱蒂偏了偏头，向我示意。

榛木枝的尖端冒起一缕淡淡的细烟，莱蒂向左转了点，向右转了点，又向右转了点。榛木枝尖端闪耀出明亮的橙色光芒。

“那是种我从没见过的东西。”莱蒂说，“我把银币当作放大器，可似乎——”

呼的一声轻响，榛木枝尖端冒出一团火苗。莱蒂连忙把它插入潮湿的青苔。她对我说：“收好你的银币。”我小心翼翼地伸出手，生怕银币很烫，可没想到它触手冰凉。莱蒂没有拔出插在青苔里的榛木枝，烧成黑炭的尖头仍烟雾腾腾。

莱蒂继续前行，我走在她的身边。我们牵着彼此的手，我的右手握着她的左手。空气闻起来很奇怪，弥漫着一股放过焰火之后的气味。我们一步步深入森林，周围变得越来越昏暗。

“我说过我会保护你，对吧？”莱蒂说。

“没错。”

“我保证过，不会让任何东西伤害你。”

“对。”

“牵住我的手，不要放开。无论发生什么事，千万别放开。

她的手很温暖，还没有冷汗，这令我很安心。

“你只管抓住我的手。”她再次强调，“我没让你动时千万别乱动，听明白没？”

我说：“我不太有安全感。”

莱蒂没再顺着我的话往下说，她话锋一转：“现在已经超出了我预计的探查范围，我不太确定在这边界一带到底有什么东西。”

树林到了尽头，我们走进一片旷野。

我问：“这儿已经离你家农场很远了吗？”

“没有。我们仍然在农场的边界。赫姆斯托克农场范围很大，我们从古国来到这里时，带了很多土地过来。我们带来了农场，还顺带带来了生活在农场中的各种活物。姥姥管它们叫‘跳蚤’。”

我不知道我们身处何处，可我实在难以相信我们仍在赫姆斯托克农场上，仍置身于我出生长大的那个世界。这儿的天空透着如警示灯一般的暗橙色，带尖刺的植物就像边缘参差不齐的大片芦荟，透着暗沉的银绿色，如同用炮铜铸造而成。

左手掌心里，之前被我的体温捂热的银币越来越冷，直到变得和冰块一样冰凉刺骨。我的右手紧紧抓住莱蒂的手。

“我们到了。”莱蒂说。

乍一眼看去，我以为眼前是一栋建筑物：像是一顶大帐篷，有乡村教堂那么高，由灰色和粉色的帆布拼接而成，在橙色的天空下随着暴风而扇动。这个“帆布建筑”一边高一边低，因风吹雨打而老化，因时间流逝而残破。

接着它转过身，我看到了它的脸。耳边传来一声呜咽，像是一只小狗被猛踢一脚后发出的闷哼。我随即意识到，发出呜咽声的是我自己。

它的脸千疮百孔，眼睛深陷布面，像两个大窟窿。脸后头什么都没有，纯粹只是一张灰色的帆布面具，大得超乎我的想象，破烂不堪，支离破碎，在狂风中翻飞摇荡。

一番变换后，这个破烂的怪物看向下方的我们。

莱蒂说："报出你的名字！"

怪物没有立刻回应，空洞的眼睛俯视着我们，随后一个如风一般单调无奇的声音响了起来："我是这儿的贵妇人，长久以来一直居于此地，早于人们在石头上献人祭的时日。我的名字属于我自己，孩子，不属于你。速速离开此地，不然我就把你俩吹到天涯海角！"它扬起一条碎布条，像是在挥动手臂。我感到自己在瑟瑟发抖。

莱蒂捏住我的手，令我稍感振作。她说："我让你报出名字，听到的却不过是关于岁月的空洞吹嘘。说出你的名字，我不会再问你第三遍！"她说这话的语气特别像个蛮横无理的乡下女孩，也许是因为话语里的怒气吧。她生气时说话的感觉和平日完全不同。

"不。"灰色怪物木然地说，"小姑娘，小姑娘，谁是你的朋友？"

莱蒂对我低语："别说话。"我点点头，紧紧咬住嘴唇。

"我受够了！"灰色怪物暴躁地甩动像破烂布条一样的胳膊，"有个家伙来找我，向我恳求爱与帮助，它告诉我该如何让它的同类开心快乐。它说它们这种生物非常简单，毕生所求之物就是钱，除了钱之外别无所求。这种事于我而言不过是小菜一碟。如果它提出请求，我还能给予它们智慧，或者和平，绝对的和平……”

“没有的事。”莱蒂说，“你无法满足他们的所欲所求，随他们去吧。”

狂风过境，庞大的怪物剧烈晃动，如同迎风鼓荡的硕大船帆。大风止歇后，怪物已经换了个姿态。它朝我们俯下身，贴近地面，像一个体形巨大的帆布科学家在仔细研究两只小白鼠。

两只胆战心惊、紧紧握住彼此之手的白鼠。

莱蒂的手心全是汗。她捏紧我的手，不知是在安抚我还是在给自己打气，我也加了点力，握住她的手。

怪物挂满破布条的脸渐渐扭曲，也许是在微笑吧。我感觉它在打量我，分析我，钻研我，把我里里外外看了个透——包括连我自己也不知晓的部分。

莱蒂抓着我的手，说：“你再不告诉我你的名字，我就把你当作一个无名之物处置，你将被再次束缚封印，失去自由。”

她等了一阵子，可怪物什么也没说，她便开始念诵一些我听不懂的词句，一会儿像在说话，一会儿又像在唱歌。这门语言我从未听过，在日后的生活中也不会再次听到。不过她吟唱的调子很耳熟，和一首童谣一样，那首童谣叫《男孩和女孩，大家出门来》。没错，就是那个调，莱蒂一定在用一种很古老的语言唱这首童谣。

橙色的天空下，随着莱蒂继续吟唱，不可思议的事发生了。

大地开始剧烈翻腾震荡，长条的灰色蠕虫钻出我们脚下的泥土，蠕动不止。

有什么东西从翻飞的帆布怪中心向我们突然袭来，比一个足球大一些。在学校里玩游戏时，我总是接不住迎面而来的东西，要么扑个空，要么抓得晚了一瞬，落得个脸或肚子挨一记猛击的下场。可当这个球一样的东西直冲我们而来时，我想都没想就伸出了双手。

我抓住了它——一团扭动扑腾的东西，由蜘蛛网和破布条糅合而成。在我抓住它的一瞬间，一阵钻心的刺痛从脚底板传来，转瞬即逝，犹如踩到了一颗大头钉。

莱蒂一把拍开我手里的东西。触地后，这个东西不断塌陷坍缩，不一会儿就消失了。莱蒂握住我的右手，牢牢抓紧。做这一切时，她始终没有停止吟唱。

我曾多次梦见过这首童谣，词句奇异简朴，朗朗上口。有几回梦里，我还听懂了莱蒂在吟唱什么，梦中的我也说那种原初的语言，并统领着一切真实事物的自然法则。在我的梦中，这门语言是真理之口，用它讲述出的一切都会成真，因为这门语言说出的任何字眼都不可能是谎言。在我的梦中，这门语言是万物之源，我曾用它疗愈伤痛，翱翔天空。还有一次，我梦见自己在海边供应住宿和早餐，对前来留在我身边的每个人，我都会用那门语言说："完好如初。"他们就会变得完整，不再残缺破碎，因为这是一门塑造的语言。

莱蒂正在说这门塑造的语言，我虽然一个词也听不懂，却能明白她的意思。林间空地里的这个怪物将被永远镇于此地，无法逾界，不得对领地之外的东西施加任何影响。

莱蒂停止吟唱。

脑海中，我感觉怪物正在尖叫、抗议、咒骂，可橙色天空下的这片林地却异常安静。打破寂静的，唯有帆布和枝丫随风摇动的沙沙声。

风停了。

上千片支离破碎的灰色布条落在黑色的泥地上，死气沉沉，像是被丢弃的衣服。四周没有任何动静。

莱蒂说："应该控制住了。"她抓紧我的手。我以为她会故作乐观，可她没有。她的声音很低落："我带你回家。"

我们手牵手，穿过一片透着淡蓝光泽的常青树林，跨过一座架在观赏池上的红黄相间的漆桥，沿着一片农田的边缘前行，田里新种的玉米刚冒出嫩苗，像一行行栽种整齐的青草。我们手牵手，踏上一处木板搭建的梯子，翻到另一片农田。这边的作物看上去像小小的芦苇，又像毛茸茸的蛇，黑色、白色、棕色、橙色、灰色，带有道道条纹，每一株都随风摇摆，在阳光下一会儿蜷起，一会儿舒展。

"这些是什么东西？"我问。

"你可以拔一个起来看看。"莱蒂说。

我低下头，见脚边这株毛茸茸的草穗乌黑发亮，便俯下身，用左手抓紧根部，用力一拔。

一个小家伙被我提了起来，它愤怒地扭过头。霎时，仿佛有十几根针刺入我的掌心，疼痛难忍。我拂去它身上的泥土，向它道歉。它凝视着我，眼神由愤怒渐渐变为讶异和困惑。它从我手上跃入我的怀里，我轻轻抚摸它：一只黑色小猫，皮毛光滑发亮，尖尖的小脸活泼灵动，耳朵上有个小白点，蓝绿色的眼睛奇异而水灵。

“在农场，我们让猫自然地繁衍生息。”莱蒂说。

“那是只什么猫？”

“那是大奥利弗，一只公猫，早在异教徒时代就来到了农场。我们农场里所有的猫都是他的后代。”

我埋头看了眼怀里的小猫，它的小爪子正抓在我的衬衫上。

“我能带它回家吗？”我问。

“它是女孩子哦。这不是个好主意，最好别从这片土地上带任何东西回去。”莱蒂说。

我把小猫放到田埂上，一落地，她立刻猛地扑向一只蝴蝶。蝴蝶灵巧地向上一闪，一下子飞到了她够不着的地方。接着她就追远了，自始至终没有回头看我一眼。

“我的小猫被轧死了。”我对莱蒂说，“它还那么小。这是死去的那个男人告诉我的，但不是他开的车，他说司机没有看见。”

“对不起。”莱蒂说。我们正从一棵开满白花的苹果树下走过，芳香四溢，世界变得像蜂蜜一样香甜。“这就是所有生物的宿命，生命短促，浮生一梦。今天还是小猫咪，明天就垂垂老矣，不久后就只余下记忆，而记忆也会渐渐模糊，慢慢淡去……”

她打开一道有五道横杆的栅栏门。一同穿过门后，她松开我的手。我们正站在车道尽头，不远处就是那张摆着几个破旧金属奶桶的木头台桌。空中的气味恢复如常。

我问："我们真的回来了？"

"没错。"莱蒂说，"她不会再给我们带来麻烦了。"她略一停顿，"她是不是很大？很邋遢？我从没见过这种模样的。我要早知道她会那么老旧、那么庞大、那么邋遢，我一定不会带你一同去。"

我很高兴她带了我一同去。

她接着说："要是你刚才没松开我的手就好了，好在你平安无事，对吧？一切如常，毫发无损。"

我说："我没事，别担心。我是个勇敢的战士。"这是我爷爷常说的一句话。我接着说，"毫发无损。"

莱蒂释然一笑，笑容灿烂而明媚。但愿事实正如我所言。

5

那天晚上，我的妹妹坐在床边，一遍又一遍地梳头。她每天晚上都会一下又一下地边梳边数，梳整整一百遍。我不知道她为什么要这么做。

“你在干吗？”妹妹问。

“看我的脚。”我说。

我正扳着右脚查看脚掌，脚心有一道粉红色的疤痕，从大脚趾下方一直划到脚后跟，那是我幼年不慎踩到碎玻璃所留下的痕迹。我记得受伤后第二天，我在儿童床上醒来，看着将伤口缝合齐整的黑色缝合线。这是我最早的记忆。我早已见惯了这道粉色疤痕，可足弓处的疤痕边出现了一个新的小孔。那一瞬的钻心疼痛就发自此处，不过没什么大碍，一个小孔而已。

我伸出食指捅了捅，小孔里似乎有什么东西往里缩了缩。

妹妹已放下梳子，正好奇地看着我。我起身走出卧室，来到楼下门廊尽头的卫生间。

我不知道我为何没去找大人帮忙。事实上，除非迫不得已，我从来不向大人求助。这一年里，我曾用小折刀从膝盖上剜下一个疣，这让我知道了小刀刺多深会出血，还让我知道了疣的根部长什么样。

卫生间镜子后的柜子里有一盒创可贴，还有一把不锈钢镊子，尖尖的镊子头可以轻松地夹起碎木屑。我拿出创可贴和镊子，坐在白色浴缸的金属镶边上，扳起右脚，查看脚底的小孔。一个小圆孔，形状无奇，边缘光滑。我看不清小孔有多深，因为有东西塞在里面，当小孔正对光源时，它似乎往里缩了缩。

我拿起镊子，密切关注小孔里的动静，但不见任何变化。

我用左手的指腹轻轻覆住小孔，遮住光线，接着将镊子的尖头放到小孔边上，耐心等待。我开始从一数到一百，也许是受了妹妹梳头的启发。数到一百时，我突然抬起食指，同时将镊子的尖头刺了进去。

如果小孔里的东西真的是条蠕虫，那么它已经被镊子的金属尖头夹住。我夹紧它，慢慢往外拉。

你可曾尝试过将一条虫子从一个小孔里拉出来？你可知道它与你对峙的力道能有多大？它会用整个身子紧紧扒住洞壁的角角落落。我从足底的小孔里拉出这条虫子约一英寸后，发现拉不动了。虫子的身躯呈灰色和粉色，带有一圈圈条纹，如同感染了什么病菌。我能感受到它缩在我的肌肉里，绷紧身子，让我无法拉动。对此我一点都不害怕，不就跟邻居给他家的猫驱虫一个样吗？我的脚里有条虫，我得让它从我的身子里出来。

我转动镊子，想象自己在用叉子卷起意大利面。虫子往里直缩，但我一点一点旋动虫身往外拉，直到再也拉不动为止。

我感受得到，它正像一条肌肉一样灵活地附着在我的体内。我竭力向前倾，伸出左手，拧开浴缸上中心有个红点的热水水龙头。水哗哗流出，淌入排水口。过了大概三四分钟后，水终于变得热气腾腾。

见到蒸腾的水汽，我向水龙头下探出右脚，右手跟着移动，以确保镊子始终紧紧夹住被我拽出一截的虫子。我让热水淋上脚心，正对镊子的所在之处，热水滚烫，但我光着的脚丫纹丝不动，一点热水算得了什么？溅到右手的热水烫伤了手指，我早已做好心理准备，可蠕虫毫无防备。它在我体内挣扎，试图避开滚烫的热水，在感觉到它松劲的一瞬，我喜不自胜地拽动镊子，如同揭下世上最完美的一块痂。蠕虫被我一点点拉出来，抵抗的力道越来越小。

虫子一碰到热水就松软下来，我稳打稳扎地往外拉，直到近乎拉出整个虫体。可我在最后关头得意忘形，一下子拉得太快太猛。虫子落入我的掌心，它的末端被拉断了，断口正在渗出黏稠的液体。

不过总归还算顺利，就算虫子还有一部分残留在我的体内，也只余微不足道的一点点罢了。

我仔细翻看这条虫子：暗灰色的虫身，亮粉色的环纹，环节的形状倒与普通的蚯蚓没多大差别。离开热水后，它似乎在渐渐恢复。头部（这端是头吗？怎么分辨？）被镊子尖头掐住，卷在镊子上的身体松了开来，开始悬荡扭动，奋力挣扎。

我不想杀死它——除非情非得已，我不会杀害动物，但我得摆脱它。这无疑是一条危险的虫子。

我把虫子夹到浴缸的排水孔上方。一淋上热水，它就开始拼命蠕动。我松开手，看它落入排水管，直至消失不见。我又放了一阵子水，把镊子清洗干净，往脚底板的小孔上贴了一张创可贴，再用塞子塞住浴缸的排水孔，以防虫子从中爬出。做完这一切后，我才关上水龙头。我不知虫子是死是活，但我想它是不可能通过排水管回到这里来了。

我把镊子放回镜子后的柜子，合上镜子，盯着镜子里的自己。

我很困惑。在那个年纪，我常常为之困惑：我是谁？到底是什么在看着镜子中的脸？如果镜子中的脸不是我（我知道不是，因为无论我的脸变成什么样子，我依然是我），那我是什么？看着这张脸的又是什么？

这一天轮到我决定睡觉时是否开门。我回到卧室，开着门。一直等到妹妹入睡，无法再向父母告状后，我才拿出《七个小神探》系列中的一本，借着走廊透进来的昏暗灯光开始阅读，直到迷迷糊糊地沉入梦乡。

6

我得承认一件事：当我还只有三四岁时，我和正常小孩不大一样。“你这个怪小孩哟。”好几个姑妈在不同场合这么说我。等我平平安安长大成人后，我常以啼笑皆非的心态回忆那些糟糕的童年往事。但我并不觉得自己哪里古怪，我只不过是想做自己，想以自己的方式生活。

小孩总会相信自己是神仙圣人，至少一些小孩如此，只有当周围的世界完全顺应他们的想法运转时，他们才会心满意足。

可我已经七岁，不再是小孩了。我曾经无所畏惧，而今却时常受惊。

蠕虫钻进脚底这件事没有吓到我。我没有和别人说这件事，不过第二天我倒是想了想：人经常会得这种“脚虫病”吗？还是说只有我一人，在橙色天空下赫姆斯托克农场的边界，撞上了这件事？

醒来后我揭掉脚上的创可贴，看到创口已经开始愈合，松了口气。小孔上覆着一层粉膜，像是个血泡，没什么异样。

我下楼吃早餐。母亲一脸愉悦地说："亲爱的，好消息，我找到了一份工作。迪克森眼镜店需要一位配镜师，他们让我今天下午开始工作。我一周要工作四天。"

我无所谓，一个人也挺好的。

"还有个好消息。我们找了个保姆，名叫乌苏拉，她能在我不在时照顾你们两个小不点。她会睡在你原来的卧室，顶楼那间屋。她会给你们做饭，还会打扫卫生。韦勒太太伤到了髋部，她说得休养几周才能回来。爸爸和我都要去工作。这个节骨眼上乌苏拉能来，可让我心中的大石头落了下来。"

"你们没钱。"我说，"你们不是说家里缺钱吗？"

"所以我接了配镜师的工作嘛。"母亲说，"乌苏拉只要求吃住，不要报酬，她要在当地住几个月。今早她打电话联系上我，她的介绍信非常棒。"

但愿她是个和蔼可亲的保姆。格特鲁德，我们家六个月前的前任保姆，就非常讨人厌：她喜欢捉弄我和妹妹，比如把床单像苹果派一样对叠，弄得我俩很蒙。到最后，我和妹妹忍无可忍，高举标语牌到屋外游行抗议，牌子上分别写着："格特鲁德真讨厌！""格特鲁德做的饭难吃死了！"我们还往她床上放小青蛙。不久后她就回到瑞典老家去了。

我拿了本书，走进花园。

这是一个温暖和煦的春日，我沿着绳梯爬上一棵高大的山毛榉，在最低的枝条上坐下，翻开书，沉浸其中。看书时我什么也不怕。我回到了久远的古埃及，了解了哈托尔这个女人。她化作母狮，踏遍埃及，杀生无数，让鲜血染尽埃及的土地。人们无数次抵抗，终于找到了制伏她的办法：他们把啤酒、蜂蜜与安眠药混合，调配成红色液体，让哈托尔误以为是血液，将其一饮而尽，陷入沉睡。在那之后，众神之父太阳神将她封为爱神，此后她只能带给人由爱而生的情伤。

我想不通为什么那些神要这么做，他们为何不趁机直接杀死她呢？

我喜欢神话，它既不是成人故事，也不是儿童故事。它胜过两者，这点不必多加解释。

成人故事总是不知所云，情节展开慢得要死，让我觉得成年本身藏有诸多秘密，共济会般的、神话般的秘密。大人们为什么不愿读《纳尼亚传奇》，一睹神秘的岛屿、狡诈的走私者和危险的精怪呢？

肚子开始咕咕叫，我爬下树，走回家，路过了散发着洗衣皂和霉菌味的洗衣房，堆放着煤炭和木柴的小屋，还有一个露天厕所。厕所的门被漆成花园绿，厕所里结满蛛网，蜘蛛趴在网上伺机而动。我穿过后门，沿走廊走进厨房。

厨房里有我妈妈和一个我从没见过的女人，看到她时，我的心脏忽然一疼。这不是比喻，就是字面意思：我的胸腔内部忽然一阵刺痛，一闪而逝。

妹妹正坐在餐桌边，喝着一碗麦片粥。

女人身材高挑，非常漂亮——一头色泽如蜂蜜的金黄色短发，一双灰蓝色大眼睛，嘴上涂着淡雅的口红。

“亲爱的，发什么愣呀？这位是乌苏拉·芒克顿。”母亲说。

我一言不发地盯着乌苏拉，母亲用手肘轻轻推了我一下。

“你好。”我说。

“他是个腼腆的孩子。”乌苏拉·芒克顿说，“但我确信一旦他与我熟了，我们一定会成为好朋友。”她伸出一只手，拍了拍我妹妹灰褐色的头发。妹妹咧嘴一笑，露出大大的牙缝。

“我好喜欢你呀。”妹妹对乌苏拉说完后，转向母亲和我，“我长大以后，也要变得像乌苏拉一样漂亮。”

母亲和乌苏拉一同笑了起来。“你真是个小可爱。”乌苏拉说完后又转向我，“我们呢？也一定会成为好朋友的，对吧？”

我默默地看着她。她成熟的气韵、金色的头发和灰粉的裙子，无一不让我害怕。

她的裙子上有破洞和裂缝，但我想这并非破衣烂衫，而是款式本身就是如此，不过是一种时尚潮流。可她的样子却让我不由想象：她的裙子在无风的厨房里翻飞，如同一片帆船的主帆，而帆船正航行在橙色天空下的孤寂海面上。

我忘了我回应了什么，也许我根本没说话。尽管肚子很饿，但我连个苹果都没拿，就径直走出了厨房。

我把书带到后花园。头顶上方是阳台，身旁是一片花圃，花圃在电视房的窗户下方。我开始阅读书中的故事，看那些头为动物、身为人类的古埃及众神将彼此大卸八块后又使其复活。我沉迷其中，忘了饥饿。

妹妹也来到花园。

“她人好好啊。”妹妹对我说，“她是我的好朋友。你想看看她送我的东西吗？”她拿出一个灰色小皮夹，和妈妈手提包里的零钱包挺像的，外壳上有个金属蝴蝶搭扣，材质像是真皮，说不定是老鼠皮。妹妹打开皮夹，取出一枚大大的银币，币值是半克朗。

“瞧！”妹妹说，“瞧我拿到了什么！”

我也想要半克朗。不，我想要的是能用半克朗买到的东西，比如魔术戏法或恶作剧的道具，比如各种各样的图书。我想要的东西多得数不清，但我不想要一个装着半克朗的灰色小皮夹。

“我不喜欢她。”我对妹妹说。

“我比你先看到她，”妹妹说，“她是我的朋友。”

我不认为乌苏拉·芒克顿会是任何人的朋友。我想去找莱蒂，把乌苏拉的事告诉她。可我该怎么说呢？我们家来了个穿灰粉裙子的保姆？她看我的眼神很奇怪？

要是当初没有松开莱蒂的手就好了。毫无疑问，乌苏拉的事是我自找的，仅靠把她冲入下水道或往她床上放青蛙，我根本摆脱不了她。

她一来我就该拔腿就跑，沿着小路飞奔一英里，去往赫姆斯托克农场，可我没有那么做。没过多久，母亲打的去了迪克森眼镜店，她会在那里为配镜的顾客测视力，调整镜片让他们看得更清晰，而我留在家里，和乌苏拉共处同一屋檐之下。

乌苏拉端着一碟三明治走进花园。

“我和你们的妈妈说好了。”她张开涂着淡色唇膏的嘴唇，甜甜一笑，“当我在家时，你们俩不能到处乱跑。你们可以在房子或者花园里自由活动，我也可以陪你们一起去找小伙伴，但你们不能出门，不能离开院落，散步闲逛都不行。”

“没问题。”妹妹说。

我一声不吭。

妹妹吃掉了一个花生酱三明治。

我很饿，但不知道这些三明治是不是有诈。我害怕吃下之后，它会在我胃里变成一团恶心的虫子，在我体内蠕动游走，不断繁殖，占领我身体的每一寸角落，直至顶出我的皮肤。

我走回房子，推开厨房的门。见乌苏拉不在，我拿起苹果、橙子和褐色硬梨，装满了身上所有的口袋。我又抓起三根香蕉，塞进针织套衫，这才奔向我的实验室。

我口中的实验室是一间漆成绿色的小木屋，建在院落里离房子最远的地方，挨着老旧的大车库。木屋边长着一棵无花果树，可我仅见过它硕大的叶片和绿色的嫩果，从没尝过成熟的无花果是什么滋味。

我把这间小木屋叫作实验室，因为里面放着我的化学实验装置——一份我在几年前收到的生日礼物。自从我在试管里捣鼓出某些产物后，这套实验装置便被父亲逐出住房。那时我随意混合了一些东西，加热，直到混合物爆炸，变成黑乎乎的一团，散发出臭鸡蛋的气味，飘荡在屋里挥之不去。父亲说他不反对我做实验（尽管我和他都不知道我能实验出个什么名堂。这不要紧。我在母亲生日时用这套实验装置给她表演过，实验非常成功），但他不希望在屋里闻到实验的气味。

我吃了一根香蕉、一个梨，把剩余水果藏到木桌下。

大人们循规蹈矩，孩子们四处探索。大人们喜欢成百上千次地走在相同的道路上。也许他们从来不会偏离主路从杜鹃花丛中爬过去，或从篱笆的间隔钻出去。我是个孩子，我知道十几种离开院落溜到小路上的办法，不像大人们只知道出门走车道。我已经决定好，先悄悄溜出实验室，沿着草地边的墙根走，潜入生长在花园边缘的杜鹃花丛和月桂林。穿过月桂林后，我会从小山坡上滑下去，翻过生锈的金属栏杆，踏上小路。

没人看见我。我蹑手蹑脚地穿过月桂林，但没能按计划滑下山坡。上次来时，山坡上还没长出那么多黑莓灌木和荨麻。我拨开挡路的植物，一路向下。

山坡下，乌苏拉正站在生锈的金属栏杆前等我。这是怎么回事？倘若她要到这个地方，来的路上一定会被我撞见，可我压根没见到她。她双臂环胸，冷冷地看着我，灰粉裙子迎风摆动。

“我记得我说得很清楚，你不能离开院落。”

“我没有。”我很心虚，话里没有一丝理直气壮之意，“我还在院落里，我只是在探索大自然。”

“你鬼鬼祟祟，心怀鬼胎。”

我没吭声。

“现在是你睡午觉的时间，你应该在卧室里，在那儿我才能看护好你。”

我已经长大了，不用睡午觉了，但我的年纪还不足以与她据理力争并占据上风。

“哦。”我说。

“不许说‘哦’。要说‘好的，芒克顿小姐’。”乌苏拉俯视着我。她灰蓝色的眼睛让我联想到帆布上的破洞，现在看起来一点也不漂亮。

“好的，芒克顿小姐。”我嘴上这么说，心里却暗恨自己乖乖听从了她的命令。

我们一同走上山坡。

“你父母的财力很快会支撑不起这个住处。”乌苏拉说，“他们会入不敷出。过不了多久，他们就会意识到，若想要解决家里的经济困难，就只能把这座房子和这片花园卖给地产开发商。这样一来，这里的一切，包括肆意生长的黑莓灌木，还有草坪后方乱蓬蓬的花草树木，就会变成十几栋一模一样的小房子，附带一模一样的花园。你们要是运气好，没准能住进其中一栋。要是不走运，那就只能看着新来的住客眼红。你喜欢那样吗？”

我爱我家的房子，也爱我家的花园。我爱房子的破烂陈旧，也爱花园的散乱芜杂。我爱这个地方，像爱着自己身心的一部分。也许，从某种意义上说，这里已融入我的骨血。

“你是谁？”我问。

“乌苏拉·芒克顿，你的保姆。”

“你到底是谁？为什么要给大家钱？”

“每个人都想要钱。”乌苏拉的语气好似这一点不言而喻，“钱能让大家开心，你若不抗拒，它也能让你开心。”我们踏过一堆草屑，前方是“精灵环”——一圈绿草地。遇上潮湿的天气，一朵朵黄色毒蘑菇会在精灵环里蓬勃生长。

“好了。”乌苏拉说，“快回你房间去。”

我拔腿就跑，以最快速度冲过精灵环，奔上草坪，绕过玫瑰花丛，又经过堆放煤炭的小屋，拉开房屋后门。

一拉开后门，乌苏拉出现在我面前，迎接我进屋，尽管她不可能超到我前面，不然我一定会看见。她的头发梳理齐整，口红也像刚刚补过。

“我在你体内。”她说，“聪明的小孩一点就通。就算你告诉别人，别人也不会相信，而且因为我在你体内，你的所作所为全都逃脱不了我的掌控。我不想让你说出来的事，我就有本事让你根本说不出口。”

我走上楼梯，步入卧室，躺倒在床上。脚底被虫子钻出的小孔阵阵抽痛，胸口也胸闷气短，隐隐作痛。我放空思想，以书为伴。每当现实生活太过艰难或无法撼动，书就是我的寄身之所。我抽出十几本母亲小时候留下来的旧书。故事发生在二十世纪三四十年代，讲的是几个女生的冒险故事。她们与走私犯、间谍和内奸斗智斗勇。无论对手多么强大，这些女孩一直勇往直前，步步为营。而我呢，既没有胆量，又没有谋略。

我从未感到如此孤独。

我琢磨着给赫姆斯托克家打个电话，有点难办，但并非毫无可能。兴许最先报警，告诉警方路边有辆弃置迷你车的就是赫姆斯托克太太。电话本在楼下，但我记得怎么拨打电话号码查询台，我只须询问接线员赫姆斯托克农场的电话号码是多少。我父母的卧室里就有一部电话。

我翻身下床，走到门口向外张望。过道里没有人。我轻手轻脚，迅速闪过走廊，进入隔壁卧室。卧室的墙是淡粉色的，父母的大床上铺着印有大朵玫瑰的床罩，落地窗连通长长的阳台。窗边有个淡金色的床头柜，上头有一部奶油色的电话。我拿起听筒，听着嗡嗡的沉闷拨号音，手指在号码盘上按下电话号码查询台的号码，一，九，二。我等待着接线员接通电话，告诉我赫姆斯托克农场的电话号码。铅笔在手，我打算把号码记在一本名叫《潘西拯救学校》的蓝色精装书的封底。

接线员没有回应，拨号音仍在持续，随即被一个女声盖过。是乌苏拉·芒克顿。“教养良好的孩子可不会背着人偷偷打电话，你说对不对？”

我没吭声，但电话那头的乌苏拉无疑听得见我的呼吸声。我放下听筒，回到了和妹妹共用的卧室。

我坐在床上，凝视窗外。

我的床紧挨着墙，就在窗户下方。我喜欢开着窗户睡觉。最美好的莫过于雨夜：我会开着窗，枕着枕头，闭上眼睛，感受清风拂过脸颊，倾听树枝吱嘎摇曳。幸运的时候，还会有雨点乘风落到我的脸上。那时我会想象自己正乘着海洋上的一叶扁舟，随波漂流。我从未设想自己是个海盗，也从未设想自己要漂到什么地方去。我在我的小舟上，仅此而已。

可此刻没有下雨，也不是夜晚。透过窗，能看到的只有一棵棵树，一片片云，还有天边缥缈的淡紫色光辉。

我有一些以备不时之需的“应急巧克力”，藏在我的生日礼物——那个塑料蝙蝠侠模型的下面。嘴里含着巧克力，我忽然想起松开莱蒂的手去接破布球的那一瞬，忆起脚下紧随其后的一阵刺痛。

是我把她引到家里的。这一点毋庸置疑。

乌苏拉不是真实的人。她戴上了伪装的面具，和钻入我体内的蠕虫，还有在橙色天空下的开阔原野上兴风作浪的帆布怪是同一个东西。

我回到卧室，继续阅读《潘西拯救学校》。一个航空基地的秘密计划被间谍窃取，不慎泄露给敌军。航空基地隔壁有所小学，间谍就是这所小学兼任打理菜园的几位老师。秘密计划被封在挖空的西葫芦内部。

“我的天哪！”伦敦警察厅著名调查组——走私犯和秘密间谍调查组的戴维森警探不由感叹，“打死我也想不到这个地方！”

“潘西，我们欠你一句道歉。”严厉的女校长一反常态。让人如沐春风的微笑，如星光般闪烁的眼睛，让潘西不由觉得自己一学期以来都对她有误解。不过——“你拯救了学校的声誉！趁你还没太过于自我膨胀，你是不是还没到老师那儿去背新学的法语单词的动词变位？”

和潘西在一起，我脑海中有些部分非常愉悦，尽管其他部分全被恐惧侵占。我在等爸妈回来，我要告诉他们发生了什么事，他们一定会相信我。

那时父亲的办公室距家大约一小时车程，我不知道他具体做什么，但我知道他有个非常漂亮可亲的秘书。女秘书养了一条玩具贵宾犬，每当知道我和妹妹要去见父亲时，她就会从家里把贵宾犬带过来，让我们和它一起玩。有时当我们走在大街上，路过一栋栋房子时，父亲会说：“那栋也是我们的。”可我一点也不关心房子，所以我从没问过“那栋房子怎么就是你们的”，甚至没问过“我们”指的是谁。

我躺在床上，看了一本又一本书，直到乌苏拉出现在门口，说：“你下来吧。”

妹妹正在楼下的电视房里，看一个名叫《怎么做呢》的流行科学秀。一开场，几个头戴印第安人头饰的主持人就会蹦出来，大喊一声“怎么做呢”，咋咋呼呼，一阵起哄。

我想换到英国广播公司的频道，但妹妹洋洋得意地看着我，说：“乌苏拉说我想看多久就看多久，你不能换台。”

我坐在她身边，看了一两分钟。屏幕中，一个八字胡老头正在教一群英国孩子如何安装飞蝇钓的钓线。

我说：“她不是好人。”

“我喜欢她，她很漂亮。”

五分钟后，母亲到家了，进门后她向大家打了声招呼，接着走进厨房去看乌苏拉。乌苏拉再次出现，说：“爸爸一回家就开饭，你们先去洗手。”

妹妹上楼洗手。

我对母亲说：“我不喜欢她，能不能把她打发走？”

母亲叹了口气：“亲爱的，可别闹得又和格特鲁德一样。乌苏拉是个好姑娘，家教良好，而且她还非常喜欢你们俩。”

父亲到家了。晚餐已经上桌：蔬菜浓汤、烤鸡、新鲜土豆配冷冻青豆。桌上的菜我都爱吃，但我一口也没尝。

“我不饿。”我解释道。

“我可不喜欢打小报告，”乌苏拉说，“可刚才有人从卧室下来时，手上和嘴角都沾着巧克力。”

“少吃点垃圾食品。”父亲闷闷地说。

“巧克力里全是加工糖，会让你吃饭没胃口，牙齿全蛀光。”母亲说。

我很害怕他们会强迫我吃饭，所幸没有。我饥肠辘辘地坐着，听父亲开玩笑，看乌苏拉笑得花枝乱颤。我心里有种奇怪的感觉，父亲讲笑话似乎是在特地逗她开心。

吃完晚餐后，大家一起看《碟中谍》。这个系列的电影我一直很喜欢，可这次却看得心神不宁。电影人物一个个揭掉脸上的皮，露出另一张面孔。脸上的皮通常是橡胶面具，面具下的面孔也总是英雄。可我不由想象，倘若乌苏拉揭掉脸上的皮，底下会是什么呢？

到了上床睡觉的时间，今晚轮到妹妹决定门是开是关。她把门关得紧紧的。我无比想念走廊的灯光。窗开着，我躺在床上，清醒得不得了，耳边是一座老房子在漫长的一天后发出的疲惫声响。我拼命祈祷，希望我的愿望快成真：但愿父母快点把乌苏拉送走。这样我就能去赫姆斯托克农场，告诉莱蒂我做了什么，她会原谅我，让一切回归正轨。

我翻来覆去睡不着。妹妹已经睡着了，她这种倒头就睡的本事让我羡慕不已。

我走出卧室。

我在楼梯顶部徘徊，听着楼下的电视房传出的声响，接着光脚悄悄地走下楼梯，坐在从下往上数的第三级台阶上。电视房的门半开着，再向下一级，正在看电视的人就会看到我。所以我坐在第三级上等候。

电视节目中不时夹杂穿透耳膜的爆笑声。

随后，大人的讲话声盖过了电视节目的声音。

乌苏拉说："那你妻子每晚都在外面吗？"

父亲的声音："不是，她今晚要去安排明天的活动。不过从明天起，一周一次就行了。她在村镇议事堂为非洲人筹钱，好让他们有钱钻井，我觉得还为了让他们有钱避孕。"

"这些嘛，"乌苏拉说，"我早就知道了呢。"

她笑了笑，笑声清脆得像小铃铛，听起来友善真诚，发自内心，丝毫不夹杂破布条的扇动声。她接着说："偷听的小鬼……"

电视房的门一下子敞开，乌苏拉直勾勾地盯着我。她的妆容又补过了，双唇柔和水润，睫毛长而挺翘。

“睡觉去。”她说，“快点。”

“我想和爸爸说说话。”我不抱希望地说了一句。乌苏拉没有说话，只是微微一笑，笑容中没有温暖，也没有爱。我走上楼，爬上床，躺在黑黢黢的卧室里，怎么也睡不着，最后索性放弃。可就在不再期待之时，困意倒包裹住我，送我入梦。

我睡得很不安稳。

7

第二天同样糟糕。

我醒来时，父母都已经去上班了。

天气转凉，灰暗的天空荒芜空洞，了无生趣。我穿过父母的卧室，来到阳台上。我与妹妹的卧室和父母的卧室共用一个阳台。我站在长长的阳台上，对着天空祈祷，但愿乌苏拉赶快厌倦这场游戏，从我的生活中消失。

下楼时，乌苏拉正在楼梯下方等我。

“偷听小鬼，和昨天一样的规矩！”她说，“你不能离开院落。你要是胆敢一试，我就把你一整天都锁在卧室里。等你爸妈回来，我就告诉他们你干了什么惹人厌恶的事。”

“他们才不会相信你呢。”

乌苏拉露出甜美的微笑：“你确定？要是我告诉他们你掏出你的小鸡鸡，在厨房遍地撒尿，还得由我来擦干净地，给厨房消毒，那会怎么样？我会表现得毫无破绽，他们一定会相信我。”

我走出房子，来到我的实验室，吃光了前一天藏在这里的水果。我读了母亲留下的另一本书——《桑蒂看破一切》。桑蒂是个勇敢坚毅但出身贫寒的女孩。她意外进入一所贵族学校就读，遭到了大家的嫉恨。最后，她揭露了地理老师的真面目——一位布尔什维克党人，而真正的地理老师被冒牌货给绑架了。故事的高潮发生在学校的晨会上，桑蒂勇敢地站出来，面对全校师生，义正词严地说：“我知道我本不该来这里上学。只因文件上的一个错别字，我来到这里，一个叫‘桑迪’的同学去了镇上的文法学校。但我感谢上苍让我来到这里，揭穿了丝特林老师的真面目。”

故事结尾，曾经讨厌桑蒂的人全都与她热情相拥。

今天父亲下班很早，这几年来我从没见过他这么早到家。

我想和他说说话，可他身边总有另一个人。

我坐在山毛榉的树枝上，看着他俩说说笑笑。

爸爸先是带着乌苏拉在花园里散步，自豪地向她介绍这儿的花草树木：玫瑰花丛、黑加仑灌木、樱桃树、杜鹃花……如同在夸耀自己的丰功伟绩，就好似在我们买下这栋房子前，韦勒太太五十年来打理花园的辛劳根本没被他放在眼里。

乌苏拉被父亲逗得眉开眼笑。我听不到父亲说了什么，但我看到了他在逗乐乌苏拉时勾起的嘴角。

他俩挨得太近了。有时父亲会把手搭在乌苏拉的肩上，也许是出于友善，可两人紧密无间的姿态还是让我十分担心。父亲以为乌苏拉就是个普通人，对她好得过分，可她是个怪物。今天她换了身衣服：下身是一条灰色半长裙，上身是一件粉色衬衫。

平日里，一看到父亲在花园里散步，我会立刻扑进他的怀里，可那一天我没有这么做。我害怕他会生气，或者说，我害怕乌苏拉会说些什么煽风点火的话，惹他生我的气。

父亲生气的样子特别可怕。他的脸（棱角分明，向来平易近人）会涨得通红，他会扯着嗓门大喊大叫，怒不可遏，吓得我动弹不得，无法思考。

他不信奉棍棒教育，从没打过我。他告诉我们他的父亲如何扇他巴掌，他的母亲如何拿着扫把死命追他，还说比起他的父母，他作为家长不要好得太多。当他压不住火气叱骂我时，他还时常会说至少他从没打过我，像是为了激起我的愧疚之情。在我读过的校园故事里，品行不端通常会招来一顿打，或是用藤条，或是用拖鞋，打完后孩子就会被谅解，事件就此揭过。有时我会羡慕故事里的孩子，羡慕他们干脆利落的生活。

我不想接近乌苏拉，我不想冒惹怒父亲的风险。

兴许趁此机会，我能离开院落，逃向小路。可我心知肚明，要真这么做了，出现在我面前的会是满脸愤怒的父亲，和他身旁漂亮动人、一脸得意的乌苏拉。

因此我没有轻举妄动，仅是坐在山毛榉壮硕的树枝上看着他俩。当他们走到杜鹃花丛后方，离开我的视野后，我爬下绳梯，进屋上楼，来到阳台上继续观望他们。天色灰暗，可遍地开满了黄色的水仙花，争奇斗艳，婀娜多姿，外层的花瓣色泽淡雅，吹弹可破，里层的花心微微绽开，就像小号一样。

父亲摘了一把水仙花，递给乌苏拉。乌苏拉笑着说了些什么，行了个屈膝礼。父亲鞠了一躬作为回应，又说了些话逗笑了乌苏拉。我想他一定把自己标榜成了身披闪亮盔甲、专程为她而来的骑士，或与之类似的角色。

我想冲他大喊，警告他别送花给一个妖怪，可我没有那么做。我只是静静地站在阳台上观望，他们没有抬头，没有看见我。

《希腊故事》里写道：水仙的传说来自一位名叫纳西塞斯的美男子，太过美丽的面容让他爱上了自己。看着水池中自己的倒影，他恋慕不已，无法自拔，怎么也移不开脚步，最终活活死在水池边。因此众神就把他变成了一朵水仙花。读到这个故事时，我打心底里认为水仙一定是世界上最美的花。当看到水仙那平淡无奇的样子时，我失望透顶。

妹妹从房子里出来，向他们走去。父亲把她抱了起来，三人一起走进屋子。妹妹搂着父亲的脖子，乌苏拉的臂弯里满是黄色和白色的娇艳花朵。我一直看着他们。我看到父亲一手托着妹妹，另一只空着的手往下伸，轻飘飘地搭在乌苏拉半身裙的曲线上，透出一股似有若无的占有欲。

放到现在，我肯定会作出不同的反应。可那时我才七岁，完全没往那一方面想。

我轻巧地攀上卧室的窗子，翻落到自己的床上，翻开另一本书。书的主角是个生活在海峡群岛上的女孩，为了不抛弃自己的小矮马，她与纳粹分子公然作对。

我边读边想：乌苏拉不可能一直把我禁足在家里。很快，顶多再过几天，一定会有人带我到镇上，或带我离开这里，那时我就能趁机去往车道尽头的农场，把事情的来龙去脉告诉莱蒂。

可我转念一想，没准乌苏拉只需几天就能得偿所愿。这个想法让我瑟瑟发抖。

那天晚餐，乌苏拉做了烘肉卷，打死我我也不吃。我已下定决心，绝对不吃她制作、烹饪或触摸过的任何食物。父亲的脸色很难看。

“我不想吃。”我对他说，“我不饿。”

那天是星期三，母亲去参加为非洲人募资钻井的大会了，大会在邻村的村镇议事堂举办。母亲准备了张贴的海报，关于水井的图标，还有非洲人民微笑的照片。母亲不在，餐桌上便只有妹妹、父亲、乌苏拉和我。

“这是健康食品，有益于你长身体，而且味道很好。”父亲说，“再说，我们家从不浪费。”

“我说了我不饿。”

我撒了谎。我饿得浑身难受。

“那再怎么说你也得尝一小口吧。”父亲说，“这些都是你的最爱。烘肉卷、土豆泥、调味肉汁，都是你爱吃的。”

厨房里有张儿童桌，当父母要很晚才到家吃饭或他们有朋友来家里做客时，我和妹妹就会坐在儿童桌边吃饭。可那天晚上，我们围着大桌子用餐。我想坐儿童桌，那儿没人看着我吃，没人关注让我更为自在。

乌苏拉坐在父亲身边，盯着我，唇角微微翘起。

我知道我该乖乖闭嘴，闷声不吭，可我忍不下去了。我要向父亲坦白我为什么不肯吃。

“她做的东西我一口也不会吃。”我告诉父亲，“我不喜欢她。”

“你不能不吃饭。”父亲说，“至少得尝一点。还有，你得向芒克顿小姐道歉。”

“我不。”

“不用啦。”乌苏拉·芒克顿温柔地说。她看着我，微微一笑。我想父亲和妹妹都没有注意到她的微笑，没有发现她的表情、笑容或破布球般的眼睛里不含一丝一毫的温柔。

“这怎么行？”父亲的嗓门抬高了点，脸色变红了点，“我不允许他这么污蔑你。”接着他对我说，“给我个像样的理由，一个就行。你为什么不肯道歉，为什么不愿吃乌苏拉为我们精心烹饪的食物？”

我不擅长撒谎，只能如实道来。

“因为她不是人。她是个怪物，她是……”赫姆斯托克家族把她叫作什么来着？“她是只跳蚤。”

父亲气得满脸通红，抿紧嘴唇：“出去，到走廊上！就现在！”

我的心彻底沉了下去。我爬下凳子，跟随他到走廊上。走廊很黑，唯一的光亮来自厨房门上方的一扇小窗。父亲低头，看着我说：“一会儿你得回去，向芒克顿小姐道歉，然后把盘子里的食物吃光，吃完后上楼休息。记得要文明有礼，不许乱说话。”

“不。”我对他说，“我就不。”

我撒腿就跑，冲过走廊，转过转角，咚咚咚地跑上楼梯。父亲一定会追上来。他的个头比我大得多，速度也很快，但我不用和他拼太久。房子里只有一间屋子可以直接上锁，那儿就是我的目的地——顶楼走道尽头的卫生间。我比父亲先一步冲进卫生间，“砰”的一声甩上门，把小小的银色插销一推到底。

父亲没有穷追不舍，也许是不屑于追一个小孩，可我还没喘几口气，就听到了他的第一下敲门声，劲道很大。“开门！”

我一言不发，坐在绒布马桶坐垫上，心里愤恨不平。我恨他，近乎和恨乌苏拉一样恨他。

门又被敲了几下，力道比之前更大。“你要再不开门，”父亲提高嗓门，确保我隔着木门板也听得见，“我就破门而入了！”

他做得到吗？不好说。门上了锁，没那么容易撞破。上锁的门意味着当你在卫生间里，而别人想进来时，他就会推几下门，门会晃荡，但不会开，外头的人就会说“抱歉！”或者大喊“你还要多久？”然后——

门向内爆开，银色插销当即弯折脱落。父亲站在门口，撑满了整张门。他怒目圆睁，露出了很多眼白，脸颊通红，怒火中烧。

他说：“好哇，你小子。”

他就说了这么一句，可他的手紧紧拽住我的上臂，让我无法动弹分毫。他要做什么？他会第一次打我吗？或把我拖回房间？

或把我骂得狗血淋头，无地自容？

他没有这么做。

他把我拖到浴缸边，俯下身，把白色橡胶塞塞入排水孔，打开冷水阀。水涌了出来，在白色的搪瓷浴缸壁上溅起水花，水位慢慢地稳步抬升。

水哗啦啦地流。

父亲转向敞开的门口，对乌苏拉说："我来教训他。"

乌苏拉站在门口，牵着妹妹的手，面露柔和的忧色，可眼神却透着窃喜。

"关门！"父亲说。妹妹被吓得开始呜咽。乌苏拉关上门，尽量关得严丝合缝，因为一处铰链啮合得不太好，加上门闩断了，门很难关紧。

卫生间只剩下我和父亲。他的脸色已由红转白，嘴唇紧抿。我不知道他要做什么，不知道他为什么要给浴缸放水。我很害怕，毛骨悚然，胆战心惊。

"我会道歉。"我说，"我会说对不起。我不是故意说那些话的。乌苏拉不是怪物。她……她很漂亮。"

父亲什么也没说。浴缸的水放满了，他关掉冷水阀。

他蓦地把我举到半空，两只大手托着我的胳肢窝，轻轻松松地架起我，仿佛我轻若无物。

我看向他的脸，他的神情不怀好意。他上楼前脱掉了夹克衫，现在穿着淡蓝色的短袖，系着褐红色的羽状涡纹领带。他扯开手表的表带，把手表丢到窗台上。

我忽然明白了他的企图，开始拼命挣扎，对他拳打脚踢，可一点都没奏效，完全阻止不了他猛地把我按入冰凉彻骨的冷水之中。

我吓呆了。一开始，我恐惧的是发生了违背既定规则的事。我穿着衣服，不对劲。我穿着拖鞋，不对劲。浴缸的水很凉，凉得刺骨，非常不对劲。这是我在被按入水中后最初的所思所想。随着父亲把我越按越深，我的头和肩膀相继没入冰冷的水中，恐惧的性质变了。我想：我要死掉了。

死亡临近，我一定要活下去。

我拼命伸手抓，想找个能抓握的东西，可摸到的只有滑溜溜的浴缸壁。过去两年我都在这个浴缸里泡澡。（我还在这个浴缸里读过很多书。这儿是我的安全港湾之一。可眼下，明摆着我要死在这里了。）

水面下，我睁开眼，看到它在我眼前悬荡——一线生机。我用双手抓住它——父亲的领带。

我死死地拽住领带，父亲用力把我往下按，我拼命向上顶，终于把头探出水面。我把领带拽得死紧，以至于若是父亲再把我的头和肩膀按入水下，他自己也无法幸免。

脸完全露出水面后，我紧紧咬住领带，就咬在领结下面。

一阵扭打。我全身上下湿透了。看到父亲也和我一样，蓝色衬衫紧贴高大的身躯，我感受到一丝愉悦。

他再次把我按下水面，可对死亡的恐惧给了我力量。他的领带被我的手拽住，被我的牙咬住，他没法让我松开，除非动手打我。

父亲从来不打我。

他直起身。我被他拎了起来。浑身湿透，气喘吁吁，愤愤不平，泪流满面，心有余悸。我松开牙，但手依然抓着领带。

父亲说："我的领带要被你拽破了，松手！"领带的领结被拉成豌豆粒大小，内衬翻了出来，湿淋淋地晃荡着。他接着说："你真得庆幸你妈不在家。"

我松开手，双脚落到湿透的地垫上。我向身后马桶的方向退了一步。父亲俯视着我，说："回你房间去，今晚我不想再见到你。"

我回到自己的房间。

8

我如痉挛一般不停颤抖，浑身发冷，全身的热量仿佛被偷了个精光。湿淋淋的衣服紧贴皮肤，冰凉的水滴落到地上。每迈一步，拖鞋都会发出吧唧吧唧的滑稽声响，水都会从拖鞋面上钻石形状的小孔里汩汩往外冒。

我脱下全身衣服，把湿漉漉的一大团衣服放到壁炉边的地砖上，很快汇成了水洼。我拿起壁炉架上的火柴盒，抽出火柴，拧开燃气阀门，点燃了壁炉里的燃气炉。

（我凝视着水洼，回忆那些不可思议的经历。现在回头看，最让我难以置信的反倒是这件事：一个五岁女孩和一个七岁男孩的卧室里竟然有一个燃气炉？）

卧室里没有浴巾。我站在地上，全身都在淌水，思考如何把自己擦干。我掀起薄薄的床罩，裹住身子擦拭，擦干后换上睡衣。睡衣是红色尼龙材质，闪闪发亮，条纹图案，左袖上有一块黑色的塑料烧痕。有一回我靠燃气炉太近，烧着了睡衣的左袖，兴许发生了奇迹，我的胳膊没有烧伤。

卧室门背后挂着一件我几乎从未穿过的睡袍，当走廊亮灯，房门敞开时，它会在墙上映出一片梦魇般的阴影，让人心惊肉跳。我穿上这件睡袍。

卧室的门开着，妹妹走进来，拿她枕头下的睡裙。她说："因为你太不听话，他们不让我和你睡一间。今晚我和爸爸妈妈一起睡。爸爸说我可以看电视。"

父母卧室的一角有个棕色的木柜子，放着一台几乎没开过的电视。这台电视的垂直同步总是出错，模糊失真的黑白画面就像水流一样，缓慢而奇异地连贯相接：人们的头从画面底部消失，脚从顶部慢悠悠地落下来。

"我无所谓。"我对妹妹说。

"爸爸说你弄坏了他的领带，还害得他浑身湿透。"妹妹的语气暗含得意之情。

乌苏拉站在门口，对妹妹说："我们不和他说话。在他获准重新成为家庭的一员前，我们都不和他说话。"

妹妹一溜烟地去了隔壁父母的房间。"你不是我们家的一员。"我对乌苏拉说，"等妈妈回来，我就把爸爸干的事告诉她。"

"她要再过两个小时才会回来。"乌苏拉说，"再说你说了又会有什么不同吗？你妈妈在任何事上都为你爸撑腰，不是吗？"

没错，父母经常统一战线。

“别斗胆与我作对。”乌苏拉说，“我在这儿有事要办，你碍着我了。下次可不会仅此而已了。下一次，我会把你锁进阁楼。”

“我不怕你。”

口是心非，我怕她怕得不得了，她是我从小到大遇见过的最可怕的东西。

“屋里好热哦。”乌苏拉冲我笑了笑，走向燃气炉，弯腰，熄灭，接着抄起壁炉架上的火柴。

“你不过是一只跳蚤。”我说。

她收起笑意，抬高手臂摸门楣。门楣很高，孩子根本够不着。她取下放在门楣上的钥匙，走出房间关上门。钥匙一转，咔嗒一响，我被反锁在了屋里。

我听到电视节目的人声从隔壁房间传来。我听到走廊的门被关上，将两间卧室与房子的其余部分隔绝。我知道乌苏拉下楼了。我凑到锁孔前，眯眼往外瞧。书上有写，可以先在地上铺一张纸，再用一支铅笔捅进锁孔，把钥匙顶落到纸上，以此逃脱……可锁孔里空无一物。

我哭了起来。一人独自在卧室里，又冷又潮。我放声大哭，宣泄内心的痛苦、愤怒与恐惧。在学校，哭鼻子的男孩子会被笑话，而现在，没人会进来看我，没人会嘲笑我。我放声大哭，毫无顾忌。

雨声嘀嗒，温柔地落在窗玻璃上，可连这也没给我带来一丝愉悦。

我号啕大哭，直到再也哭不出声来。我大口喘气，思索着乌苏拉的事儿，或者说帆布怪、蠕虫、跳蚤，她一定会在我试图逃离院落时把我抓住。我明白得很。

可乌苏拉把我反锁在屋里，她不会料到我会现在逃跑。

倘若运气好，没准她正在忙活别的事。

我打开卧室的窗，聆听夜的声音。细雨绵绵，瑟瑟入耳。寒夜之中，我近乎冻僵。妹妹在隔壁屋里看电视，不会听到我的动静。

我走到门边，关掉电灯。

我摸黑穿过卧室，重新爬上床。

我想：我在床上。我正躺在自己的床上，暗自神伤，很快就会睡着。我在床上，我知道她赢了。如果她要确认我的情况，那么我正在床上睡觉。

我在床上，睡觉的时间到了……眼皮开始打架……我睡着了，在我的床上沉沉睡去……

我在床上立起身，翻出窗户，悬停片刻，松开手落到阳台上，尽可能不发出一点声响。其实还挺容易的。

从小到大，我从书中潜移默化学到了许多知识。我对人们所言所行的理解大多从书上学来。书是我的老师，教我知识，也是我的导师，给我建议。在书里，男孩们会爬树，所以我也爬到树上，有时爬得太高，一直战战兢兢，生怕自己掉下去。在书里，人们会顺着排水管爬上爬下进出房屋，所以我也照做，攀上排水管。我小时候的老式排水管是固定在墙砖上的沉重铁管，不是如今的轻型塑料管。

我从未摸黑或顶着雨沿着排水管往下爬过，但我知道哪儿有立足点。我还知道最大的挑战不是失足跌落，掉入二十英尺之下的潮湿花床，而是在下爬途中会经过一楼的电视房，乌苏拉和父亲可能在里头看电视。

不，我不能想这些事。

我翻出窗台，小心翼翼地伸出手，直到摸到铁质排水管。排水管淌着雨水，又凉又滑。我先抓住排水管，接着迈了一大步，让光溜溜的脚落在将排水管结结实实固定在墙上的环状金属夹上。

我一步一步往下爬，想象自己是蝙蝠侠，是校园小说里上百个男主角或女主角。回过神来，我想象自己是落在墙上的一滴雨，是一块砖，是一棵树。我心想：我正躺在床上，并不在此处。（在我脚下，电视房的光线透过没拉窗帘的窗流泻出来，将窗外的细雨映照成闪闪发亮的千丝万缕。）

别看我，我心想，别看向窗外。

我一寸一寸往下挪。以往我沿排水管往下爬时，会踩上电视房的窗户外沿，再跳到花床上，可此刻这绝无可能。我小心翼翼地压低身子，没入阴影，胆战心惊地向屋里瞥了一眼，生怕会对上父亲或乌苏拉的视线。

屋里没有人。

灯亮着，电视开着，可沙发上没有坐人，通向走廊的门却开着。

我轻巧地落在窗沿上。老天爷啊，他们俩可千万别突然回房撞见我。我攀下窗沿，手一松落入花床，脚下的泥土非常柔软。

我正要跑起来，不顾一切地奔跑，却看到客厅的灯亮着。这个有橡木镶板的房间只在意义非凡的场合动用，我和妹妹从没进去过。

客厅拉了窗帘。窗帘由绿色天鹅绒制成，配有白色衬布，没有完全拉实，柔和的金光从缝隙里逃逸而出。

我走向窗边，通过窗帘的缝隙往里看，刹那间映入眼帘的一幕居然是……

我不敢相信自己的眼睛。房间深处，父亲正把乌苏拉压在大壁炉边，背对着我，乌苏拉也背对着我，手撑着高大的壁炉架。父亲从背后抱住乌苏拉。乌苏拉的半长裙被撩到了腰部。

我并不知道他们在做什么，也并不在意，至少在那时，我唯一在意的是乌苏拉的注意力不在我身上。我转身离开窗帘缝、灯光和房子，光着脚逃入黑暗的雨幕。

天色并非漆黑一片，这是多云的夜晚，满天的云仿佛汇聚了万里街道的万家灯火，再投射回大地。眼睛适应后，我能隐约看透黑暗，足够了。我跑到花园尽头，绕过肥料堆和草堆，冲向山坡下的小路。我的手和脚被荆棘扎破了好几次，可我始终没有停下脚步。

我翻过低矮的金属栏杆，踏上小路。离开了家的范围，我感到脑袋骤然一轻，仿佛有种未曾察觉的头痛忽然之间消失了。我急切地低声呼唤："莱蒂？莱蒂·赫姆斯托克？"接着我心想：我在床上，我正在做梦，这梦好逼真啊。我就在自己的床上。我不信乌苏拉会刚好在那一刻想到我。

我一边跑，一边想着父亲，想着他搂住名不副实的保姆的腰，亲吻她的脖子。接着我透过冰凉的冷水，看到他把我按下水时的脸。可卫生间发生的事现在一点也不让我害怕，我害怕的是父亲亲吻乌苏拉的脖子，把她的裙子撩到腰上到底意味着什么？

父母是一个整体，不容侵犯与亵渎。未来在刹那之间变得无法预料：什么都有可能发生。我的人生列车已偏离轨道，穿过原野，正与我一同沿着车道向下驰骋。

车道上的燧石扎伤了我的脚，可我哪里顾得上呢？我很确定，乌苏拉和我爸在做的事很快就会结束。也许他们会一同上楼，进我的房间查看我的情况，这样乌苏拉就会发现我不见了，立刻追赶上来。

我想他们一定会开车来追我。我环顾车道两边的树篱，想找个藏身的豁口。我瞧见一个木板搭建的梯子，便翻到梯子另一边的草场上，继续狂奔，心脏如同世界上最大最响亮的一面鼓：扑通，扑通，一刻不停。我光着脚，睡衣和睡袍的下摆全湿透了，粘在小腿上。我不顾一切地奔跑，就算踩到牛粪团也毫不在乎，在草地上跑好歹比在燧石路跑好受。一步步落在草地上，我的心情越来越愉悦，真实感也越来越强烈。

身后响起隆隆雷声，尽管我没看见闪电。我翻过一面篱笆，双脚陷入一片刚刚犁过的柔软泥地。我跌跌撞撞地跑过泥地，偶尔摔倒，但都咬咬牙，爬起来继续奔跑。眼前又出现一个木板梯，通向另一片田，这片田没有犁过。我靠着车道边的树篱跑过这片田，以免跑得太远，迷失在这片旷野里。

一辆车从远处驶来，骤然出现的车灯刺痛了我的眼。我僵立原地，闭上眼睛，想象自己正在床上熟睡。车从我身边疾驰而过，没有减速，我往车离开的方向瞥了一眼。借着尾灯的红光，我看到那是一辆白色的面包车，应该是安德斯家的车。

看来车道并不安全，我立刻决定横穿这片田地，来到另一片田边。两块田之间只隔着一张细铁丝网，上面甚至没有倒钩，很容易从下头钻过去。我伸出手，将最下方的铁丝往上推，弄出一道可以挤过去的缝，突然——

我的胸口如同狠狠挨了一记重拳，触碰到铁丝网的手臂痉挛不止，手掌火辣辣的疼，那感觉就像撞到了肘部最敏感的尺骨端。

我一把松开电篱笆，踉跄地后退了一步。我已经跑不动了，但我仍顶着风雨与黑暗，沿着篱笆快步前行，一路提心吊胆，就怕再次触碰到电篱笆，直到眼前出现一扇五道横杆的栅栏门。我翻过门，穿过农田，走向远处更为幽深的黑暗——树，我想，那是一片树林。我不敢靠近农田的边缘，生怕那儿又有电篱笆等着我。

我犹豫不决，不知该往哪里走。如同听到了我的心声，一道闪电划破天际，将整个世界点亮一瞬。一瞬足矣。我看到一个木板梯，立刻向它跑去。

我翻过木板梯，裸露的脚踝和脚趾传来火辣与冰冷相交织的刺痛，原来下方是一片荨麻地。尽管如此，我又跑了起来，竭尽全力。我希望前方是赫姆斯托克农场。我必须拼一把。我又跑过一片田，这才意识到自己迷失了方向，车道在哪儿？我在哪儿？我只知道赫姆斯托克农场在车道尽头，可我迷失在了黑暗中的一片农田里。黑云压境，气势汹汹，夜色黑暗至极。雨依然在下，即使下得并不大，仍让我不禁想象黑暗中潜伏着数不清的凶残野狼与孤魂野鬼。我想停止想象，停止思考，可就是做不到。

除了野狼、鬼魂和行走的树木外，还有乌苏拉·芒克顿，她警告我若我下次胆敢再次违逆她，就会遭遇更惨的下场——她会把我锁进阁楼。

我并不勇敢。我正在逃离生活中的一切。我又冷，又湿，还迷了路。

我用尽全力，扯开嗓门大喊："莱蒂？莱蒂·赫姆斯托克！你在吗？"没有回应，我也没指望能听到回应。

轰隆隆！轰隆隆！继搅醒大地的一记惊雷，天雷如同一只被激怒的雄狮，发出一连串摄人心魄的低吼，耀眼的闪电不时划破天空，就像失灵的闪光灯。借闪电的光芒，我看到我所在的这片农田如同一个孤立的点，四面八方都是树篱，没有出路，没有门，也没有木板梯，除了农田尽头我翻进来的那一处。

耳边传来噼里啪啦的碎裂声。

我抬头看天。我在电视播放的电影里见过闪电，如一把把上天入地、弯来折去的叉子刺破云层，而我在现实中亲眼见过的闪电不过是一道白光，如同相机闪光灯，将世界照亮一瞬。不过我现在所见的闪电却与之不同。

也不是叉状闪电。

一道汹涌澎湃、灼灼燃烧的蓝白光带破空而出。一波消逝，一波燃起，耀眼夺目的光芒照亮草场，让我眼前得以一瞬清明。

毛毛雨转瞬之间变为倾盆大雨，啪啪下落，猛烈抽打我的脸颊，不出几秒，就把我的睡袍浇得湿透。我在电光下看到，或以为自己看到，右手边的树篱有个豁口，便向那里走去，因为我跑不动了，一点也跑不动了。我竭力加快步伐，希望那个豁口不是我的幻觉。浸湿的睡袍被狂风吹动，翻飞的声音让我不由胆寒。

我没有抬头看天，也没有回头。

但我看到了农田边缘，树篱之中的确有个出口。在我离出口咫尺之遥时，一个声音响起："我记得我跟你说过，你得待在房间里。可现在，我却发现你在鬼鬼祟祟地四处游荡，像个溺水的水手。"

我回过头，什么也没看见。没有人在。

我抬起头。

自称"乌苏拉·芒克顿"的怪物悬停在空中，离地二十来英尺，周身被闪电环绕。她没有飞，飘浮在空中，像个气球一样轻飘飘的，可锐利的狂风没有吹动她一丝一毫。

狂风呼啸，像鞭子一样狠狠抽打我的脸颊。远在天边的雷电隆隆低吼，小型闪电噼里啪啦。乌苏拉的声音很轻，我却将每个词听得清清楚楚，仿佛她正在对我耳语。

"哦，香香甜甜的布丁和派，麻烦已上你身来。"

她咧开嘴，我从没见过哪张人脸在笑起来时嘴张得那么大，牙露得那么多，可她的笑中不含一丝笑意。

为了逃离她的禁锢，我已经在黑暗中奔跑了许久，半小时还是一小时？要是我一直在车道上，没有穿过一片片农田就好了。

那样的话，我肯定已经到了赫姆斯托克农场。可现在，我迷路了，还再次落入魔爪。

乌苏拉飘了下来。她的粉色衬衫没扣纽扣，向外飘开，露出白色的文胸，半长裙随风飘扬，显出她的小腿肚。尽管狂风暴雨，她看上去完全没湿，衣服、脸颊、头发全是干的，连一点雨丝都没沾上。

她飘浮在我的头顶上，伸出双手。

她每一动，温顺地环绕住她的闪电就会随之闪烁。她撑开五指，如同加速播放的电影里绽放的花儿。我知道她在要我，我知道她想让我做什么，我恨自己不敢坚定立场，可我依然遂了她的愿：我开始逃跑。

我是个被她拿来寻开心的小东西。她玩弄我，就和来过我家的那只姜黄色大公猫“老怪”玩弄老鼠时一个样：放走它，任它跑，然后一跃而起，用爪子把它拍扁在地。可老鼠还是会跑，我别无选择，也只能跑。

我以最快的速度跑向树篱的豁口，跌跌撞撞，疼痛难忍，浑身湿透。

逃跑时，乌苏拉的声音一直在我耳边未曾停下。

“我说过我会把你锁进阁楼，是不是？我说到做到。你爸爸现在很喜欢我，他会对我言听计从。说不定从现在起，每天晚上，他都会登上阁楼，放你出来。每天晚上，他都会把你淹到浴缸里，把你的头按入冰凉的水中。我会让他每晚都这么做，直到我厌倦的那一天，到那时我会告诉他，不用把你带回来了，只要把你按在水里，直到你不再动弹，直到你的肺被黑暗与凉水充斥。我会让他把你丢在冰冷的浴缸里，你将再也无法动弹。在那之后，每天晚上我都会亲吻他，再亲吻他……”

我冲过树篱豁口，踏上一片柔软的草地。

时而炸响的闪电和一股古怪而刺鼻的金属味如影随形，刺痛我的皮肤。周围越来越亮，光源便是那闪烁的蓝白电光。

“当你父亲把你丢在浴缸里，再也不管你时，你会无比愉悦。”乌苏拉轻声说，她的嘴唇拂动我耳朵的感觉似有若无，“因为你不喜欢被关在阁楼里，不仅因为那里黑暗无光，有蜘蛛和鬼魂出没，还因为我会把我的朋友带到那里。白天你看不到它们，但它们会一直与你共处一室，那滋味可不好受。我的朋友们呢，不喜欢小男孩。它们之中有和狗一样大的蜘蛛，有会抓住你不放的旧衣服，还有你的脑子和脑浆。什么书啊，故事啊，你就别想着能在阁楼里读了。”

她的嘴唇拂动我的耳朵——这不是幻觉。她正悬浮在我身旁，头靠在我耳边。感受到我的目光后，她再次露出皮笑肉不笑的微笑。我一时岔气，胸闷气短，别说跑了，连动一动都很吃力。完蛋了。

我腿一软，瘫倒在地。这一次，我没能爬起来。

大腿上的湿热感让我低下头，一股黄色细流正从我睡裤的裆部往外流。我已经七岁，不小了，可仍像个小婴儿一样，吓得尿了裤子。乌苏拉正居高临下，冷冰冰地看着我，面对这种情况，我什么都做不了。

狩猎游戏到此结束。

乌苏拉直起身子，离地三英尺。我四脚朝天，躺倒在潮湿的草地上。她像破电视机上的人像一样缓缓下降，不容阻止。

有什么东西触碰到我的左手，软软的，还用鼻子拱了拱我的掌心。我低下头，生怕是一只硕大如狗的蜘蛛。借着环绕乌苏拉腾转的闪电散发的电光，我看到手边有一团黑色的小东西，一只耳朵上有一点白——是一只小猫。我把小猫托起来，放到胸口，轻轻抚摸。

我说："我不跟你走，你不能替我作主。"我坐起身，这样不会像躺倒时那样觉得自己那么脆弱。猫咪找了个舒服的姿势，蜷缩在我的怀里。

"天真的男孩啊。"乌苏拉双脚落地，周身的闪电将她照得像一幅身着灰、绿、蓝色衣衫的女人像，一点都不像个真人。"你还嫩着呢，而我是个成年人。在你们的世界还是个熔岩球的时候，我就已经成年了。我可以对你为所欲为，你只能任我戏弄，任我蹂躏。给我站起来，跟我回家。"

埋在我怀里的猫咪发出一声尖厉的叫声，不是猫叫。我将目光从乌苏拉身上移开，看向身后。

穿过草地向我们走来的女孩身披一件带兜帽的亮红色雨衣，脚蹬一双大得不合脚的黑色长筒雨靴，从黑暗中走出来，毫无惧意。她抬起头，看向乌苏拉·芒克顿。

"离开我的土地。"莱蒂说。

乌苏拉后退一步，与此同时腾空而起，悬浮在我和莱蒂上方。莱蒂向我伸出手，看都没看一眼我坐在哪里，便精准地抓住了我的手，与我十指相扣。

“我没涉足你的土地。”乌苏拉说，“小姑娘，滚开。”

“你在我的土地上。”莱蒂说。

乌苏拉微微一笑，周身的闪电开始腾转起伏，蓄势待发。她立于狂风的风眼，宛如力量的化身，翻手为云覆手为雨。她是风暴，她是闪电，她是成人的世界，拥有无边的力量、无尽的秘密和随心所欲玩弄人于股掌之上的愚蠢残暴。她冲我使了个眼色。

我是个七岁男孩，双脚被磨得鲜血淋漓，刚刚还尿了裤子，而悬浮在我上空的怪物是那么强大，那么贪婪，它想把我抓进阁楼，等玩腻味后再让我爸杀了我。

掌心中莱蒂的手给了我勇气，可她只是个女孩，就算她比我大，就算她已经十一岁了，就算她已经十一岁很久很久了，她也不过是个女孩，而乌苏拉是大人。此时此刻，无论她是哪种怪物、哪个巫师、哪样实体化的梦魇，她总归是个大人。大人和小孩争斗，总是大人获胜。

莱蒂说：“回你家去吧，待在这儿对你的身体不好，回去吧，为你自己好。”

空中响起一声扭曲的刮擦声，很吓人，饱含痛苦和折磨，让我心烦意乱。小猫搭在我前胸的爪子也骤然僵直，全身的毛霎时立起。小东西扭动着爬上我的肩膀，发出嘶吼声。我抬头望向乌苏拉，看到她的脸，这才明白刚才的声音来自哪里。

是乌苏拉在笑。

“回去？开什么玩笑。趁你们的人在永恒上开了个洞，我抓住机会。我本可以统治好多个世界，但我跟随在你们后面，静静等待。我有的是耐心。我知道封印迟早会松动，那时我就能踏上真正的地球，沐浴在天阳之下。”她收起笑容，“这儿的一切都脆弱不堪，小姑娘。一个个都那么容易破碎。他们想要的东西实在太简单了。我会从这个世界拿走我想要的一切，就像一个小孩从一片黑莓丛中摘下黑莓，把肉嘟嘟的腮帮子塞得鼓鼓囊囊。”

这一次，我没有松开莱蒂的手。小猫针一样锋利的细爪正慢慢掐进我的肩膀。我用另一只手摸了摸它，反被它咬了一口，不过它咬得不重，看来只是受了惊吓。

狂风呼啸，乌苏拉的声音从四面八方传来：“你们把我封印了很久，可你们带给了我一扇门，我利用他把自己带出了囚笼。现在我已经出来了，你还能拿我怎么样？”

莱蒂看起来没有生气。她想了想，说：“我可以为你造一扇新的门，或者直接让姥姥送你回到海洋彼岸你最初所在的地方。”

乌苏拉往草地上吐了口唾沫，唾沫落地之处溅开一个明亮的小火球，嘶嘶作响。

“把男孩给我。”乌苏拉说，“他属于我，我经由他的身体来到这里，他是我的所有物。”

“你一无所有。”莱蒂生气地说，“至于他，你就更别想了。”莱蒂扶我站起来，在我身后张开双臂抱住我。我们两个孩子立于黑暗中的一片牧草地上，莱蒂抱着我，我抱着小猫，一个声音从上方和四周全方位逼来：

“你能做什么呢？带他回家？这儿是个由规矩构成的世界，小姑娘，他总归属于他的父母。就算你带他回家，他父母也会来接走他，而他的父母属于我。”

“我受够你了。”莱蒂说，“我给了你机会。从我的土地上滚开！”

听她说这几句话时，我的皮肤像过了电，如同先把气球放在毛衣上摩擦、再用它轻触脸颊和头发时的感觉——遍及全身的刺痒感。我的头发湿透了，即便如此，它们似乎也一根根竖了起来。

莱蒂紧紧抱住我，轻声安慰：“别担心。”我正想问她我怎能不担心，我到底应该害怕什么，这时脚下的草地开始放射光芒。

金光四溢。每一根草叶、每一片树叶都在闪闪发光，连树篱也不例外。这光芒柔和而温暖。在我的眼睛看来，草皮下的泥土仿佛也由实实在在的物质化作了纯粹无瑕的光芒。在笼罩草地的金色光华中，环绕乌苏拉噼啪作响的蓝白电光相形见绌，暗淡无神。

乌苏拉晃晃悠悠地向上飘，仿佛被升温的空气带了上去。莱蒂低吟了几个古老的单词，送入这个世界，草坪顿时爆射出万丈金光。我看到乌苏拉被掀倒了，可我没感受到风，不过空中一定有一阵风，因为乌苏拉正如一片枯叶，在飓风中无力地飘摇。我亲眼看着她倒入黑夜，下一刻，乌苏拉连同她的闪电一同消失得无影无踪。

“跟我来。”莱蒂说，“你得赶紧窝到厨房的火炉前暖暖身子，再来个热水浴，不然你会得重感冒的。”她松开我的手和身子，往后退了一两步。金光慢慢暗淡，渐渐消散，只剩下灌木丛间淡去的星点微光，如同篝火之夜盛宴落幕之时最后一刻的烟火。

“她死了吗？”我问。

“没有。”莱蒂说。

“那她一定会回来找你的麻烦。”

“的确有可能。你肚子饿吗？”

我差点忘了这回事，听莱蒂这么一问我才想起来，我已经饿得快撑不住了。

“让我想想……”莱蒂一边带领我穿过一块块田地一边说，“你全身都湿透了，得赶紧换身衣服。我一会儿去翻一下绿卧室的抽屉柜，我记得堂兄杰佩斯在参加老鼠大战前在那间屋留下了一些衣服，他的个头不比你大多少。”

小猫咪正用粗糙的小舌头舔我的手指。

“我刚刚遇到了这只小猫。”我说。

“我看到了。她一定是在你把她从那片田野里拎起来之后，就一直跟着你了。

“这就是那只猫？我拎起来的那只？”

“对啊。她有告诉你她的名字吗？”

“没有。她真的会告诉我？”

“有时候吧。你得仔细听。”

我看到前方赫姆斯托克农舍的灯光，温暖舒适近在眼前。我欣喜若狂，虽然我不明白我们怎么这么快就到了农舍。

“你运气很好。”莱蒂说，“再退十五英尺，就是安德斯家的田地了。”

“即便那样，你还是会来。”我对她说，“你一定会来救我。”

她捏了一下我的手臂，什么也没说。

我说：“莱蒂，我不想回家。”这不是我的真心话，我其实特别想回家，只是不想回到这一夜刚刚逃离的地方。我想回到猫眼石矿工坐在我家的白色迷你车里自杀之前，或者他所坐的车压死我的小猫之前的那个家。

毛茸茸的黑团子深深埋入我的胸口，我真希望她是我的茸茸，可我知道她不是。瓢泼大雨已再度变回毛毛细雨。

我们蹚过深深的水坑，哗啦哗啦溅起水花，莱蒂穿着长筒雨靴，我光着满是伤口的双脚。到达农家院时，浓烈的粪肥味扑鼻而来。我们穿过一个侧门，走进农舍的大厨房。

9

莱蒂的母亲正拿着一根拨火棍，在硕大的火炉里拨弄，把燃烧的木柴拢到一块。

赫姆斯托克老太太正用一个大木勺搅动炉子上一个球茎状的锅。她把勺子抬到嘴边，夸张地吹了吹，啜了一口，抿了抿唇，接着往锅里先加了一撮料，又加了另一把料。她把火调小，抬头看向我，从最上头湿漉漉的头发扫视到最下头冻得发紫的光脚。我站着没动，脚下的石板地上慢慢汇聚起一个小水洼，睡袍上的水滴落入水洼，水花四溅。

“快来个热水浴。”老太太说，“不然他会得重感冒。”

“和我说的一样。”莱蒂说。

莱蒂的母亲已经从餐桌下拉出一个锡澡盆，并拿起火炉上的黑色大水壶往澡盆里添了热气腾腾的沸水。她又往沸水里兑了几壶凉水，直到她说现在的水温刚刚好。

“好嘞，你进去。”老太太说，“爽快点。”

我看向她，心里很慌。我要在这些不熟悉的人面前把衣服脱光？

“我们要帮你洗衣服，烘干，还得缝补你的睡袍。”莱蒂的母亲说。她拿起我的睡袍，接过我怀里的小猫。我差点忘了自己一直抱着小猫。

我麻利地脱下红色睡衣——睡衣的下摆完全浸湿，裤腿破破烂烂，再也不可能修补回原来的样子。我先用手指探了探水温，接着爬进澡盆，坐在里头，在这令人安心的厨房里，面对熊熊燃烧的炉火。我背靠澡盆壁，享受热乎乎的水，双脚逐渐恢复知觉，开始一跳一跳地抽痛。我知道裸体不雅，可赫姆斯托克一家对此不甚在意：莱蒂拿着我的睡衣和睡袍出去了；她的母亲在布置餐桌，拿出刀、叉、勺、壶、罐、用来切肉的餐刀还有端饭菜的大木盘，有条不紊地摆放齐整。

赫姆斯托克老太太递给我一个马克杯，盛满了炉子上的黑锅里熬着的汤。“喝下去吧，让你从里到外暖和起来。”

汤很浓稠，冒着热气。我从没在澡盆里喝过汤，这真是前所未有的全新体验。喝完后，我把杯子递还给老太太，她又给了我一大块白色肥皂和一条法兰绒面巾，说：“擦擦身子，让你从骨子里回暖复生。”

她坐在火炉另一边的摇椅里，轻轻摇动，没有看我。

十足的安全感。祖母的特质仿佛浓缩到了那一地点，那一时刻。无论乌苏拉·芒克顿是什么东西，此时此地，我一点都不惧怕她。

莱蒂的母亲打开烤箱的门，端出一个馅饼，放到窗台上冷却，馅饼棕色的表皮闪闪发亮。

我用她们给我的毛巾把身体擦干，不过暖烘烘的火焰也有一半的功劳。随后莱蒂回来了，给了我一件肥大宽松的白色衣物，像是女孩的睡裙，布料为白色棉布，袖子很长，下摆垂到地上，还配有一顶白色睡帽。我犹豫着要不要穿上它，直到想起来这是一种睡袍，我曾在书上看到过这种睡袍的图片。在一首童谣中，小威利温奇就穿着这种睡袍在城里跑来跑去。

我套上睡袍，睡帽对我来说太大，箍不住前额，松落到了下巴，莱蒂就把它拿走了。

晚餐非常丰盛，有一大块带骨牛肉，有外焦里嫩的烤土豆，外层是金色脆皮，里头松软细嫩，此外还有黄油拌蔬菜，我认不出这道菜里黑乎乎、甜滋滋的食材，可能是荨麻，也可能是炒胡萝卜（我一直以为自己不会喜欢吃炒胡萝卜，所以没怎么尝过，但我勇敢地尝了一口，味道很好，而在余下的童年时光，一见水煮胡萝卜我就会很失望）。甜点是馅饼，馅料十足，有苹果、碎坚果和饱满的葡萄干，上头还浇了一层厚厚的黄色蛋奶沙司，比我曾经在学校或家里吃过的任何东西都要来得更加浓郁香甜，回味无穷。

猫咪睡在火堆边的软垫上，在我们用完餐后，它才来到一只体形足有它四倍大的雾色家猫旁边，与它一起享用我们吃剩的肉。

吃饭时，她们完全没有谈论我到底遭遇了什么，也没有说我为什么在这里。她们一直在谈农场的事——

通向奶牛棚的门需要新刷一层油漆啦，一头名叫莱安诺的奶牛右后腿看起来要瘸了啦，以及通向水库的小径需要打扫一下。

“这儿就只有你们三个吗？”我问，“一个男的也没有？”

“男人？”赫姆斯托克老太太大笑道，“男人顶什么用？在这片农场上，就没有哪件事是男人能做，而我不能用一半的时间干完五倍的量的！”

莱蒂说：“这儿有过男人，他们来了后又走了。现在这儿只有我们。”

她的母亲点点头：“赫姆斯托克家族的大多数男性都外出去寻找他们的命运和财富了。受到感召时，没有什么能让他们留在这里，他们的眼神会变得恍惚而疏离，不久后我们就会失去他们。下一回，他们会动身前往更大的城镇乃至都市，除了偶尔寄来的明信片，我们都不知道他们是死是活。”

赫姆斯托克老太太说：“他的父母过来了！他们刚刚开车驶过帕森家的榆树，被美洲獾看到了。”

“她和他们在一起吗？”我问，“我是说乌苏拉。”

“她？”赫姆斯托克老太太被逗乐了，“那东西？”

我思索片刻，开口道：“他们会让我和他们回家，乌苏拉会把我锁进阁楼，等玩我玩腻味后，就让爸爸把我溺死。她这么说过。”

“亲爱的，她嘴上这么说，”莱蒂的母亲说，“但她做不到，不然我就不叫金妮·赫姆斯托克。”

我喜欢金妮这个名字，但我不相信她的话，依然忐忑不安。过不了多久，厨房的门就会打开，父亲会把我劈头盖脸骂一顿，或等到我上车后再破口大骂，接着他们会开车送我回家。我会再次陷入找不到出路的迷局。

“让我想想。”金妮·赫姆斯托克说，“我们能让他们找不到人，比如让他们抵达上周二的农场，那时没人在家。”

“不可能。”老太太说，“玩弄时间的把戏，只会把事情越弄越复杂……我们可以把小男孩变成别的东西，那样的话他们再怎么拼命找，也不可能找到他。”

我眨了眨眼。居然还可以这样？真想体验一下变成别的东西是什么感受啊。猫咪吃完了自己的那份碎肉（说真的，它似乎比那只家猫吃得更多），跳到我的大腿上，开始舔舐毛。

金妮站起身，走出房间。她要去哪儿？

“我们不能把他变成别的东西，”莱蒂一边收拾桌子上剩下的碗碟和餐具，一边说，“不然他的父母会疯掉。如果他们正处在跳蚤的控制之下，那跳蚤会推波助澜，让他们变得疯癫狂躁，丧心病狂。接下去，我们就得报警让警察用拖网到水库里捞人，或更甚之，到海洋里捞人了。”

猫咪放松身子，蜷缩起来，直到变得像一个黑色的绒环。它合上灵动的蓝眼睛，转眼就睡着了，发出惬意的咕噜声。

“那样的话，”老太太问，“你打算怎么做？”

莱蒂抿起嘴唇，撅到一侧，歪着脑袋，大概正在脑海中把各种办法过一遍。忽然她眼神一亮，说：“剪开再缝合？”

老太太抽了抽鼻子，说："你是个好姑娘，可剪裁这事……你还做不到。你得毫厘不差地剪掉边缘，再天衣无缝地缝合好。再说你能剪掉什么东西呢？跳蚤不会任你剪掉，她不在布料里，她在外头。"

金妮拿着我那件老旧的睡袍回到屋里。"我用轧布机压过了。"她说，"可这衣服还没干，这样缝合时边缘会更难对齐。谁高兴拿着一件湿衣服缝缝补补呢？"

她把睡袍放到老太太面前的桌子上，接着从围裙前袋里拿出一把老旧的黑色剪刀、一根长针和一卷红线。

"花楸浆果配红线，疾行女巫不向前。"我顺口背了出来，这是我在书上看到的。

"的确有用，而且效果很好。"莱蒂说，"前提是真的有女巫牵扯在内，可现在的事和女巫没有关系。"

老太太正在仔细查看我的睡袍。这件睡袍早已褪色，布满深褐色的花格图案，是几年前我过生日时爷爷奶奶送我的礼物，穿在我身上大得怪滑稽的。"也许……"老太太像是在自言自语，"要是你爸乐意让你在这儿过一夜，那就再好不过了。不过要想那样的话，就不能让他们生你的气，甚至不能让他们为你担心……"

她握住黑色剪刀，咔嚓咔嚓剪了起来。这时敲门声从前门传来，金妮起身去应门。

"别让他们带走我。"我对莱蒂说。

"嘘。"她说，"我在干活儿，姥姥在剪裁，你呢有点困，很安静。高兴点。"

我离高兴十万八千里，而且一点也不困。桌子对面的莱蒂向我这儿倾身，握住我的手，说：“别担心。”

门打开，我的父母走进厨房。我想赶紧找个地方躲起来，可大腿上的猫咪动了动，像是在安抚我，莱蒂也对我温柔地笑了笑。

“我们来找我们的儿子，他有可能来……”

正当父亲说话时，母亲大步向我走来。“他在这儿！亲爱的，我们担心得脑子都糊涂了。”

“你个小兔崽子，真欠揍。”父亲说。

咔嚓！咔嚓！咔嚓！黑色剪刀一刀刀剪下，一块块形状各异的布片落到桌上。

我的父母定住了，不再说话，不再移动。父亲的嘴依然大张，母亲单脚站立，跟橱窗里的模型人一样一动不动。

“你们……你们对他们做了什么？”我一时不知自己是不是应当难过。

金妮说：“他们没事，只是稍微缝一缝，补一补，很快就会完好如初。”她伸手指向桌上带着花格图案的褪色睡袍碎片，“这片是你爸和你在走廊，那片是浴缸的事。这些都被剪掉了。忘掉这些事，你爸爸就不可能生你的气了。”

我没有告诉她们发生在浴缸里的事，可她知道这件事我并不诧异。

老太太拿起红线和针，开始穿线。她夸张地叹了口气：“老眼昏花，老眼昏花了啊。”可她舔了舔线头，看起来轻而易举就把线穿过了针眼。

“莱蒂，问清楚他的牙刷长什么样儿。”老太太说。她开始一丝不苟地用细密的针脚缝合睡袍。

“你的牙刷长什么样？”莱蒂问，“快点。”

“它是绿色的。”我说，“鲜亮的绿色，和青苹果差不多，不是很大。总之就是一把绿色的儿童牙刷。”我知道自己描述得不怎么样。我在脑海中再现出牙刷的样子，绞尽脑汁搜寻已知的词汇来描述它，将它与别的牙刷区分开，可结果并不如意。我想象它，在脑海中看到了它，和其他牙刷一同放在卫生间水池上缀有红白圆点的杯子里。

“知道了！”莱蒂说，“说得不错。”

“干得漂亮。”老太太说。

金妮露出了灿烂的笑容，红润的圆脸容光焕发。老太太拿起剪刀，剪下最后一刀，一段红线落到了桌面上。

我母亲的脚落到地上。她迈出一步，停了下来。

父亲说：“这……”

金妮说：“……你儿子能在这儿过一夜，我家莱蒂开心得不得了。这儿有那么点过时老气，我有点担心他适应不了。”

老太太说：“我们已经修建了室内厕所，不知还有哪家能比我们家更加现代化。对我来说，有茅厕和尿壶就绰绰有余了。”

“他刚刚享用了一顿丰盛的晚餐。”金妮转向我，“对吧？”

“晚餐有馅饼充当甜点。”我告诉父母。

父亲皱起眉头，看上去云里雾里。他把手伸入风衣口袋，拿出一根绿色的长条物，顶端用厕纸包着。“你忘了带牙刷。”他说，“我想你用得到。”

“如果他现在想回家的话，就和我们走吧。”母亲对金妮说，“几个月前，他打算在科瓦茨家过夜，晚上九点还没到，他就打电话来叫我们去接他。”

克里斯托弗·科瓦茨比我大两岁，高一个头。他和他的母亲住在车道对面的一栋乡间大别墅里，就在老旧的绿色水塔旁边。他的母亲离婚了，我很喜欢她。她幽默风趣，开一辆大众甲壳虫，那是我看到的第一辆大众甲壳虫。克里斯托弗有好多我从没读过的书，他还是海雀书友会的一员，有好多海雀出版社出的书。我只能去他家看那些书，他从来不肯把书借给我。

尽管克里斯托弗是个独生子，但他的卧室有一张双层床，那一晚下铺归我。上床后，克里斯托弗的母亲和我们道了晚安，关掉灯，合上门。克里斯托弗立马从上铺探出身，端起藏在枕头下的玩具水枪向我喷射，弄得我手足无措。

“这儿和克里斯托弗·科瓦茨家不一样。”我尴尬地对母亲说，“我喜欢这里。”

“你穿的是什么？”她盯着我身上的小威利温奇同款睡袍，一脸困惑。

金妮说：“他碰到了一点小小的意外，在他的睡衣晾干前，就先穿这身。”

“哦，这样啊。”母亲说，“好嘞。晚安，亲爱的，和你的新朋友玩得愉快。”她低头看向莱蒂，“宝贝，你叫什么名字？”

“我叫莱蒂。”

“是莱蒂希娅的昵称吗？”母亲问，“我上大学时就认识一位莱蒂希娅。当然，所有人都叫她生菜[1]。”

莱蒂笑了笑，什么都没说。

父亲把我的牙刷放到我面前的桌子上，我拨开裹住牙刷头的厕纸——这真的是我的绿色牙刷，千真万确。父亲的风衣下是一件干净的白衬衫，没有打领带。

“谢谢。”我对父亲说。

“那么，”母亲说，“明早我们几点来接你呢？”

金妮笑得更灿烂了：“哦，莱蒂会送他回家的。明天早晨，我们还得给他们一些玩耍的时间。在你们临走之前呢，今天下午我做了一些烤饼……”

她把几个烤饼装入一个纸袋，我母亲双手接过，接着金妮将我的父母送出门。直到听到罗孚点火启动，沿小路开远后，我才松了口气。

“你对他们做了什么？”我问，“这真的是我的牙刷吗？”

“这个嘛，”赫姆斯托克老太太心满意足地说，“你要问我的话，可以说这是个手艺无可挑剔的剪裁活儿。”她拿起我的睡袍，我完全看不出她剪掉了哪一片，缝合了哪一处，睡袍平滑无缝，完全看不出缝补的痕迹。她把桌上剪下的布片推到我面前，说：“这是你的这一夜，你想留下的话可以留着，不过我要是你的

---

1 莱蒂希娅（Letitia）的发音近似生菜的英文单词（Lettuce），昵称可为莱蒂（Lettie）。

话，就会烧了它。”

雨点打在窗上，啪嗒啪嗒，窗框迎风晃荡，咔嗒咔嗒。

我拈起边缘参差、依然潮湿的碎布片，站起身，惊醒了小猫。它猛地跳开，消失在阴影之中。我走向火炉。

“如果我烧了它，”我问她们，“那这事还算发生过吗？我父亲真的曾把我按进浴缸吗？我会忘记这件事吗？”

金妮收起笑容，面露忧色，问：“你想要哪种结果？”

“我想要记住，”我说，“因为这件事曾发生在我身上，我依旧是我。”我把这块布片扔进火炉。

噼里啪啦，布片开始冒烟，很快燃烧起来。

我无助地困于水下，紧紧揪住父亲的领带，以为他要杀了我……

啊！！！

我躺倒在赫姆斯托克农舍厨房的石板地上，不停翻滚，惊声尖叫。脚底的剧痛好似光脚踩到了余烬未熄的煤渣，疼痛密集得不给我喘息的机会。还有另一种痛楚，在我胸腔深处，更加深远，但没有那么剧烈：一种不安，而非灼痛。

身边的金妮问：“怎么了？”

“我的脚烧起来了，好疼啊。”

金妮仔细看了看，舔了舔手指，轻轻触碰我脚底板上的小孔，两天前我曾从这个小孔里拉出那条蠕虫。一阵嘶嘶的轻响后，脚上的疼痛开始缓解。

“我从没见过这种小孔，你怎么弄的？”金妮问。

“里面有条蠕虫。”我告诉她，“它从橙色天空下的大地钻进我的脚，跟着我来到这里。”莱蒂在我身边蹲下，握住我的手，我对她说：“是我把它带到这里的，是我的错，对不起。”

赫姆斯托克老太太最后一个来到我身边。她俯下身，把我的脚拉到光亮之处，说：“恶心，又非常聪明。她把穿梭之孔留在你的身体里，以便反复使用。她可以藏在你体内，需要时还能将你用作回家的门。怪不得她想把你关进阁楼。所以呢，让我们趁热打铁，一鼓作气把它解决掉。”她用手指戳了戳我脚底的小孔，脚心依然不适，但疼痛好歹减轻了一点点，现在感觉就像头疼时突突的跳痛。

胸腔里有什么东西在扑动，如同一只小飞蛾，接着它沉寂下来。

赫姆斯托克老太太问：“你勇敢吗？”

我不知道。我不这么觉得。在我看来，这一夜我做的所有事都是在逃避现实。老太太拿起刚刚用来给我缝睡袍的针，那紧握的手势看似不是要缝衣服，而是要戳进我的身体。

我连忙缩回脚。“你要做什么？”

莱蒂握住我的手，说：“她要处理掉这个小孔。我会握住你的手，你不必一直盯着看。”

“会很痛。”我说。

“胡思乱想。”老太太说。她拉回我的脚，脸正对脚底板，把针戳入——不是我的脚，而是小孔本身。

一点都不痛。

她旋动缝衣针，慢慢往外拉。我吃惊地看着一条闪闪发光的东西（一开始是黑色的，渐渐变得透明，最后变得像水银一样反光）从小孔里被缝衣针的尾部牵拉出来。

我能感受到它顺着我的大腿离开——看来它曾在我体内一路向上游走，从大腿、腹股沟游移到腹部再到胸口。感受到它离开我的身体，我松了口气：灼烧感减轻了，恐惧也随之淡去。

此刻心脏怦怦跳的感觉有些奇异。

我看着老太太把那东西卷起来，依旧琢磨不透眼前看到的究竟是什么。它看起来内部中空，外表平滑，长度超过两英寸，比蚯蚓还要细，就像一条透明的蛇蜕下的皮。

老太太停下手中的动作，说："它不想出来，把针死死地缠住了。"

我的心脏里好似卡了一块冰，冰冷森凉。老太太的手腕灵巧地一抖，紧紧扒住缝衣针的闪光物就松垂下来（这部分现在看起来不像水银了，更像是蛇爬行过花园后留下的黏液拖痕，银光闪闪），顺势从我的脚心被拉了出来。

她松开我的脚掌。我收回脚，小小的圆孔消失得无影无踪，仿佛从未出现过。

老太太开心地嘎嘎大笑。"真聪明哪，"她说，"把回家的路安在小男孩体内。这算得上聪明吗？我觉得算不上。雕虫小技，不值一提。"

金妮递给老太太一个空的果酱瓶，老太太一手托起瓶子，一手将悬荡在针上的东西的一头对准开口，慢慢放入。最后，等针上若隐若现的闪烁尾迹滑入果酱瓶后，她骨瘦如柴的手腕果决地一晃，盖上了盖子。

“哈！”她说。“哈！”又一遍。

莱蒂问：“我可以看一看吗？”她拿起果酱瓶，举到光线好的位置。瓶子里的东西正懒散无力地张开蜷缩的身子，看似悬浮，如同瓶子里盛满了水。它的颜色随着光线角度的改变而变化，时而呈黑色，时而呈银色。

我在一本关于“男孩子能做什么”的书上看到过这么一个实验，当然我还亲自动手尝试了：取一枚鸡蛋，如果你用烛火燃烧后的残留物把鸡蛋抹成全黑，放入一个盛满盐水的干净容器，鸡蛋就会呈现银色，而这看似奇妙、人力所为的银色不过是光影的把戏。果酱瓶里的东西让我想到了做实验的那枚鸡蛋。

莱蒂看得很入神：“你说得没错。那家伙把回家之路安在他的体内，怪不得她不想离开他。”

我说：“莱蒂，之前松开你的手，我很抱歉。”

“哦，不必提啦。”莱蒂说，“世上没有后悔药，不过我很感谢你的体贴。记得下次，无论她向我们扔什么东西，你都万万不能松开我的手。”

我点点头。卡在心口的冰块渐渐变暖，开始融化，我再次感到完整与安全。

“那么，”金妮说，“我们抓住了她，还护住了男孩的周全。这一夜可真是干了不少事啊。”

“可她还控制着男孩的父母，”赫姆斯托克老太太说，“还有他的妹妹。我们不能就这么将她放归自由。还记得克伦威尔那年代发生了什么吗？还有比这更早的，红毛威廉二世的时代呢？跳蚤会招来一大帮恶枭。”

“这事可以留到明天再说。”金妮说，“莱蒂，带男孩去找一间屋，让他好好睡上一觉，今天他一定累坏了。”

黑色猫咪正蜷缩在火炉边的摇椅上。“我能把这只小猫带到房间里去吗？”

“就算你不带走她，”莱蒂说，“她也会来找你的。”

金妮拿来两盏蜡烛，烛台底座安有大大的环状把手，托台上各有一团不成形的白蜡。她用炉火引燃了一根引火木条，接着用木条相继点燃两盏蜡烛的烛心。她把一盏递给我，另一盏递给莱蒂。

“这儿不是有电吗？”我问。厨房里安了电灯，老式大灯泡悬挂在天花板上，灯丝闪着光。

“房子那一边没有电灯。”莱蒂说，“厨房相对而言新一些。走路时要用手罩住蜡烛前部，这样火焰不容易熄灭。”

她一边说，一边用手拢住火焰，我照她的样子做，跟在她的身后。黑色猫咪跟着我们，走出厨房，穿过一扇白漆木门，下了一级台阶，进入走廊。

走廊很黑，烛光映照出硕大的阴影。在行走的途中，落入我眼中的一切物体仿佛都在移动，阴影为它们塑造外形，提供动力：落地式大摆钟，毛绒动物（它们真的是毛绒玩具吗？那只猫头鹰是真的移动了，还是摇曳的烛光让我误以为它在我们路过时转了一下头？），靠墙的台桌，还有好多把椅子。所有东西都好似微微移动，随即又重归静止。我们上了一段楼梯，又上了几级台阶，路过一扇敞开的窗。

月光流泻在台阶上，皎洁明亮，胜过烛光。我仰头望向窗外，一轮满月挂在天边。天空无云，撒满不计其数的璀璨星星。

“那是月亮。”我说。

“姥姥喜欢这样。”莱蒂说。

“昨天是蛾眉月，现在却是满月。刚刚还在下雨，可现在天上连云都没有。”

“姥姥喜欢让满月照耀房子的这一边。她说这样恬静安宁，能让她想起自己小姑娘的时光。”莱蒂说，“你小心点，别被台阶绊倒。”

跟在我们身后的猫咪灵巧地一连蹦上几级台阶。我不由莞尔。

莱蒂的房间在顶楼，我们进了隔壁的一间。壁炉里燃着一团火，橙黄色的火光照亮了整个房间。屋里温暖舒适，床的四个角上各立有一根柱子，挂着床帘。我在动画片里见过类似的床，可从没在现实中看到过。

“你明早穿的衣服已经给你放好了。”莱蒂说，“我就睡在隔壁房间。如果你有什么事想找我，就大声叫我的名字，或者来敲我的门，我会马上过来。姥姥说让你用室内厕所，但厕所离这里挺远的，你可能会迷路。所以如果你想方便的话，床下有个夜壶，想必你知道怎么用吧。”

我吹灭蜡烛，拨开床帘，爬到床上。

房间很暖和，但床单很凉。床抖了一下，有什么东西落到了床上，紧接着几个小爪子踩上毛毯，一个毛茸茸、暖乎乎的东西扑到了我的脸上。不一会儿，小猫就睡着了，发出轻柔的咕噜声。

我的房间里依然潜伏着一只怪兽。在那兴许被从现实中剪掉的时间片段中，父亲将我推进盛满水的浴缸，也许抱着把我溺死的念头；我在黑暗中狂奔数里；我看到父亲亲吻、爱抚那个自称为乌苏拉·芒克顿的东西。恐惧依然驻留于我的灵魂，让我心有余悸。

可我的枕边有一只小猫咪，它亲昵地贴着我的脸安睡，身子随着呼吸柔和地起伏。在它的陪伴下，我也很快就睡着了。

10

那一夜，我做了奇怪的梦。我在黑暗中猛然惊醒。我知道，只有恐怖至极、吓得我魂飞魄散的梦才会让我惊醒。我使劲回想，却怎么也想不起来刚刚梦见了什么。那场梦仍纠缠着我不放：它就在我的身后，可就像后脑勺一样在我的目力所及之外。同一时刻，它既在那儿，又不在那儿。

我想念爸爸，想念妈妈，想念家里自己的床，它离这儿仅一英里左右。我想念昨天，想念在乌苏拉、父亲的怒火和浴缸梦魇到来前的昨天。我希望昨天能够回来，这份渴求无比迫切。

我想把那场令我胆丧魂消的梦拉回脑海，却寻之不得。我知道这场梦中含有背叛与失落。这场梦吓得我无法再次入睡。火炉已近乎熄灭，只剩暗红色的余烬告诉我它曾一度旺盛燃烧，发出光亮。

我从四柱床上爬下来，在床下摸索，直到摸到那个瓷夜壶。

我撩起睡袍，开始小便，随后走到窗边向外眺望。月亮依旧饱满，不过已落至低空，散发出暗橙色的光芒：我母亲称之为丰收月。但我知道丰收的时节是秋天，而不是春天。

借着橙色的月光，我看到一位老太太（尽管看不清她的脸，但我近乎确定她就是赫姆斯托克老太太）在上下走动。行走时她手持一根长而粗的树枝，像是拄着一根拐杖。她让我想起接受检阅的士兵，我曾在一次伦敦行中在白金汉宫外看过阅兵，跟随队列来回行进的士兵步伐铿锵，士气昂扬。

我看着她，躁动的心不知不觉间平静下来。

我摸黑爬回床上，枕着空空的枕头，心想自己肯定要彻夜难眠了。等我再次睁开眼时，天已经亮了。

窗边的椅子上，摆着我从来没见过的衣物。小木桌上有两个盛满水的瓷水壶，一壶热气腾腾，一壶是凉水。水壶边有个盆，我定睛一看，原来是个放入桌子凹槽处的洗手盆。床脚有一只毛茸茸的黑色小猫，它在我坐起身时睁开眼睛——蓝绿流转，灵动而奇异，就像夏日的大海。它发出一声尖细的猫叫，像是在疑问。我摸了摸它柔软的毛皮，翻身下床。

我把热水和冷水倒入洗手盆，兑出合适的温度，洗脸洗手。我接了冷水打算刷牙，却没找到牙膏，倒是看到了一个圆形小铁盒，盒盖上用古雅的字体印着“麦克斯·梅尔顿强效牙粉”。我倒了一些白色粉末到牙刷上，开始刷牙，嘴里有股薄荷和柠檬的清爽气息。

我翻看了一下椅子上的衣物，这些衣物和我曾经穿过的完全不同。没有内裤；上身是一件白色汗衫，没有扣子却拖着一条长长的尾带；下身是棕色及膝裤配白色中筒袜；外套是一件栗色夹克衫，后背开了道V形的衩，就像燕子的尾巴；浅褐色的袜子也比一般的袜子长。我努力把这身衣服穿戴齐整，一边穿一边心想：要是钩环、纽扣和硬得要死、掰都掰不开的纽扣洞换成拉链和搭扣就好了。

鞋子前端有银色鞋扣，但鞋子太大了，不合我的脚。我便直接穿着袜子走出房间，小猫跟在我后面。

昨晚来到这个房间，要先走楼梯上到顶楼，再往左转。我循着记忆，出门右转，路过莱蒂的房间（房门半开着，可屋里没人），走向楼梯。可楼梯不在我记忆之中的地方。走廊尽头是面墙，开着一扇窗，朝向树林和草地。

喵！蓝绿色眼睛的黑色小猫大叫一声，像是为了吸引我的注意，接着它转身往回走，昂首阔步，尾巴冲天。它带我转过一个转角，走过一段我没见过的通道，来到楼梯平台。它活蹦乱跳地下了楼梯，可爱极了，我跟在它后面。

金妮站在楼梯下方，对我说："你睡了很久，睡得很香。我们已经挤好牛奶了。你的早餐在桌上，火炉边有一小碟奶油是为你的小伙伴准备的。"

"赫姆斯托克太太，莱蒂呢？"

"她出门了，去找一些需要用的东西。必须把你家的那个家伙送回家，不然会有麻烦，情况会越来越糟。莱蒂封印了它一次，被它溜了，所以莱蒂得把它送回家。"

“我只想让乌苏拉·芒克顿离开。”我说，“我恨她。”

金妮伸出一根手指，划过我的夹克衫。“这年月已经没人穿这种衣服了。”她说，“不过我妈在上头施了点小魔法，所以没人会注意到，你大可穿着这身衣服大摇大摆地走来走去，没有哪个灵魂会发觉它的异样。咦，你没穿鞋？”

“那双鞋子太大了。”

“那我在后门放一双合你脚的鞋子。”

“谢谢。”

金妮说：“我不恨乌苏拉，她做的事完全符合她的天性。她从沉睡中苏醒，她想给予每个人他们想要的东西。”

“她没给我任何我想要的东西。她说她要把我关进阁楼。”

“这说得通，你是她来到这个世界的通道，成为通道是件非常危险的事。”她用食指敲了敲我胸口正对心脏的位置。“她最好回到她原来所在的地方，我们会把她安全送回家，同样的事我们已经为她做了十几次了。可她特别倔，怎么劝导都听不进去。好啦，去吃早饭吧。如果有事找我，就去九亩田那儿。”

厨房的餐桌上放着一碗粥，旁边的碟子上盛了一块金色蜂巢蜜，此外桌上还有一罐浓郁的黄色奶油。

我舀下一小块蜂巢蜜，混在浓稠的粥里，倒上奶油。

除此之外，桌上还有烤吐司和自制的黑莓果酱。我还品尝了有生以来喝到过的最好喝的茶。火炉边，小猫舔舐着碟子上的奶油，发出满足的咕噜声，那声音响亮到连厨房另一边的我都能听见。

真希望我也能发出那样的咕噜声。

莱蒂走进厨房，拎着一个老式手提袋，上了年纪的女性常常拎着这种袋子去商店购物：一种大大的编织袋，几乎和篮子一样，外层由拉菲草编织而成，内层是一层布衬里，把手是搓紧的麻绳。莱蒂手中的编织袋装得满满当当。她的脸上有刮伤，还出血了，虽然血已经凝结，但看起来还是怪凄惨的。

“你回来啦。”我说。

“嗯。”莱蒂说，“如果你觉得我的样子很好笑，那么我告诉你，这一点也不好玩。曼德拉草被拔起来时发出的声音实在是太响了，而我又没有耳塞。我用曼德拉草换了一个影子瓶，就是一个盛着醋的老式瓶子，醋里溶解了许多影子……”她给吐司抹上黄油，又往上舀了一块金色蜂巢蜜，接着开始大口吞咽。“做这些事只是为了去集市交换，可集市上有好多店根本没打算开门。不过我需要的大部分东西倒是都弄到手了。”

“我能看一看吗？”

“你看吧。”

我看向编织袋，袋子里装满了破损的玩具：洋娃娃的眼睛、头和手，没有轮子的玩具车，还有带缺口的猫眼玻璃球之类的。莱蒂站起身，拿起窗台上的那个果酱瓶。瓶子里，那条闪着银光的透明虫子正在扭来扭去，拧转翻腾。莱蒂把瓶子丢进手提袋里的破玩具之间。猫咪睡着了，完全没注意我们。

莱蒂说：“这一次你不必跟我一起去。你可以留在这儿，我去和她谈。”

我想了想，对她说：“和你在一起，我更有安全感。”

听了这话，莱蒂并未露出喜色。她说：“我们去海洋边坐一坐吧。”猫咪睁开幽蓝的眼睛，目送我们离开。

后门处有一双类似马靴的黑色皮靴在等着我，它看起来很旧，但保养良好，而且正合我的尺寸。尽管拖鞋让我更为自在，但我还是换上了这双皮靴。莱蒂和我一同走向她口中的海洋，也就是那片池塘。

我们坐在老旧的长椅上，看着风平浪静的褐色池面、悠悠漂浮的睡莲叶和聚于水岸的浮萍。

“你们不是人类。”我说。

“我们是。”

我摇摇头：“我打赌这不是你的真实面貌。”

莱蒂耸耸肩：“每个人都表里不一，没有显露真实面貌。你没有。我也没有。人类比你所想的要复杂得多。这是事实，谁都免不了。”

我问：“你是怪物吗？就像乌苏拉·芒克顿一样？”

莱蒂往池塘丢了一块鹅卵石，说：“我想不是。怪物会以各种形态、各种大小出现。怪物之中，有些是人们现在惧怕的东西，有些像人们很久之前惧怕的东西，有些是人们应当惧怕却没有惧怕的东西。”

我说：“人们应当惧怕乌苏拉·芒克顿。”

“也许吧。那你觉得乌苏拉·芒克顿会害怕什么？”

“不知道。你为什么觉得她有害怕的东西？她是个大人，不是吗？大人和怪物什么都不怕。”

“哦，怪物会害怕的。”莱蒂说，“至于大人嘛……”她摸了摸长着雀斑的鼻子，“我要告诉你一件重要的事。大人表面上是大人，内心则不然。表面上，他们个头高大、思维跳脱，总对自己做的事心里有数。而内心，他们其实一直没有变过，仍和你这个年龄一样。事实上，世上没有所谓的大人。在这个广袤无垠的世界上，一个也没有。”她思索片刻，嫣然一笑，“当然，姥姥除外。”

我们并排坐在长椅上，一时无言。我思考着所谓的大人：他们真的是生活在大人身体里的孩子，就像藏在冗长无趣、没有图片也没有对话的大部头中的童书吗？

“我爱我的海洋。”最后莱蒂开口。

“这是假的。”我这么告诉她，仿佛相信她就破坏了我童年的信念支柱。“你的池塘，不是你的海洋。这怎么可能是一片海洋呢？海洋比大海还要大，而你的池塘真的只是一个池塘。”

“它需要多大就能变得多大。”莱蒂恼怒地说，接着叹了口气，“唉，我们还是快点把那个叫什么来着，乌苏拉，送回她的家乡吧。”她接着说，“我并不知道她惧怕什么。和你说个秘密，其实我也怕她这种生物。”

当我们回到厨房，小黑猫不知去了哪里，不过那只雾色家猫正坐在窗台上，凝视着窗外的世界。餐桌上，早餐用具已收拾妥当，我的红色睡衣和睡袍整齐叠放在一个棕色大纸袋里，连同我的绿色牙刷，一起等待着我。

“你不会让她抓到我，是吧？”我问莱蒂。

莱蒂摇摇头。我们并肩沿着蜿蜒的燧石小路走向我家，走向那个自称为乌苏拉·芒克顿的怪物。我拎着装有睡衣睡袍的棕色纸袋，莱蒂捧着相较她的身高大得过分的拉菲草手提袋，袋子里装满了破损的玩具。这些玩具是她先用一株会尖叫的曼德拉草换来了溶解在醋里的影子，接着用影子换来的。

如我所言，孩子们喜欢另辟蹊径，而大人们只知道循规蹈矩。我们离开大路，抄了一条莱蒂所知的近道，穿过几片农田，进入一大片弃置的院落。这片院落属于一位富人，花园凄冷破败，房屋日趋坍圮。我们又回到路上，眼前正巧是我家院落边缘处的金属栏杆。

莱蒂嗅了嗅空气，说："恶枭还没来，太好了。"

"恶枭是什么？"

"你见到就知道了，不过我倒是希望你永远别见着它们。"

"我们要偷偷潜入吗？"

"干吗非得偷偷摸摸的？我们要像绅士名流一样，大大方方地走上车道，穿过正门。"

我们走上车道。我问："你们是准备念个咒语，把她送回家吗？"

"我们不念咒。"莱蒂的语气带着些微沮丧，"我们有时会动用一些秘诀，但我们不念咒，也不要把戏。姥姥不同意这么做，她说这太平淡无奇了。"

"那手提袋里是些什么东西？"

"这些东西能用来标记界限，阻挡一些事物出入。"

晨光和煦，我的家看上去是那么温和友善，向我敞开怀抱，墙壁上的红砖和屋顶的红瓦都让我心里暖洋洋的。莱蒂把手伸进手提袋，拿出一颗玻璃球，按入依然潮润的泥土。随后她没有进屋，而是向左一转，沿着院落的边缘，走到老韦勒的菜田边停下。她又从手提袋里拿出一样东西：一个缺头少腿的粉色洋娃娃，双手被啃咬得破破烂烂。莱蒂把它埋在豌豆苗旁边。

我们摘下一些豌豆荚，剥开，吃掉里头的豌豆。我真是想不通，为什么大人们会把生吃口感这么好的东西做成令人作呕的罐头。

莱蒂拿出一匹塑料玩具小狼，这样大小的狼你也许能在儿童动物园或者方舟上见到。她把玩具小狼埋在一大块煤下方的薄煤层里，煤层散发着潮湿、黑暗以及粉身碎骨的古老森林的味道。

“这些东西能赶走她吗？”

“不能。”

“那这些是用来做什么的？”

“用来阻止她出去。”

“可是我们想赶她走啊。”

“不，我们想让她回家。”

我凝视着莱蒂，看着她的棕色短发、挺翘鼻子还有她的雀斑。她看上去比我大三四岁，实际上也许比我大三四千岁，或比三四千再翻一千倍。我对她无比信任，哪怕地狱之门近在眼前，可是……

“你能解释一下吗？”我说，“你总是说些摸不着边的话。”

不过我并不害怕，我也说不出来我为什么不害怕。我信任莱蒂，如同我俩一起去橙色天空下寻找帆布怪时一样信任。我相信她，只要和她在一起，我就不会受伤。我就是知道，就像我知道草是绿的、玫瑰有尖刺、早餐的麦片粥香甜可口一样。

我们穿过大门，走进房子。大门没有锁，除了节假日出门，我不记得它曾经上过锁。

妹妹正在前屋练习钢琴。听到我们进屋的声音，她停下弹奏《筷子》这首乐曲，转过身来。

她好奇地看着我，问："昨晚发生什么事了？我以为你会被狠狠教训一顿，可爸爸妈妈就这么回家了，而你要在朋友家借宿一夜。他们为什么说你睡在朋友家？你不是一个朋友也没有吗？"接着她注意到莱蒂，"她是谁？"

"我朋友啊。"我告诉她，"那个可怕的怪物呢？"

"不许你这么说她。"妹妹说，"她是个好人。她正在小睡呢。"

妹妹没有提到我的衣服。

前屋里有台钢琴，还有一个盖箱分离的蓝色玩具箱。莱蒂从手提袋里拿出一把破损的木琴，扔到钢琴和蓝色玩具箱间堆得宛如碎石坡的一堆玩具之中。

"来吧。"莱蒂说，"该去问候她了。"

这句话在我的胸腔和脑海之中激起了轻微的恐惧："你是说，去她的房间？"

"没错。"

“她正在上头干什么？”

“还在给人们发钱。”莱蒂说，“仅限于当地人。她在得知人们自以为的所需之物后，努力把这些东西送给他们。她这么做，是为了让这个世界变得更加纯粹，能让她生活得更为开心自在。现在她已经不那么在乎给别人发钱了，她现在更关注有所求而求之不得的人群。”

我们走上楼梯，莱蒂在每一级上都放了东西：一个清透的玻璃球，内部有一丝缭绕的绿色；一个金属连接件；一颗珠子；一对天蓝色的洋娃娃眼珠，连接在控制眼睛开合的白色塑料片上；一个小型马蹄磁铁；一块黑色鹅卵石；一枚徽章，可以附在生日贺卡上的那种，表面印有“我七岁了”；一个火柴盒；一只塑料瓢虫，底部有块黑色磁铁；一辆玩具车，半边被挤压变形，车轮不知去向；最后是一个缺了条腿的铅兵。

我们站在楼梯顶端，卧室的门紧闭着。莱蒂说：“她不会把你关进阁楼。”她没敲门，直接推开，走进曾经属于我的房间，我不情不愿地跟了进去。

乌苏拉躺在床上，双眼紧闭。除了母亲外，这是我第一次见到成年女性的裸体，我好奇地瞧了她一眼。不过对我来说，这个房间比乌苏拉更有意思。

这儿是我原来的卧室，可又不像我的卧室。专门为我定制的黄色洗手盆犹在，莹蓝如知更鸟蛋的墙壁犹在，与我居住时一个样。可屋里多了许多从天花板上垂挂下来的布条，灰蒙蒙，乱蓬蓬，破破烂烂，就像绷带一样，一些只有一英尺长，另一些几乎垂及地板。窗户未关，冷风飕飕，吹动灰色布条东摇西晃，仿佛整个屋子都在颤动，如同风中的帐篷，海上的小舟。

“你得离开这里了。”莱蒂说。

乌苏拉在床上坐起身，睁开双眼，眸色同悬挂的灰色布条一模一样。她的声音听起来仍半梦半醒：“我之前就在想该做什么把你们俩引过来，瞧，你们来了。”

“不是你引我们来这里的，”莱蒂说，“我们来是因为自己想过来。我来给你最后一次主动离开的机会。”

“我不走！”乌苏拉的语气任性恣情，像个因未被满足而闹脾气的小孩。“我才刚到这儿没多久。现在我有了一座房子，有了几个宠物——他的爸爸就是我的小甜心。我让大家开心。全世界没有一个像我一样的生灵，刚才你们进来时我正巧在探查，发现我就是天下的唯一。这儿的人不会保护自己，不会随机应变，所以这儿是全宇宙最棒的地方。”

她对我俩粲然一笑。对成年人来说，她的确非常漂亮可人，可对于七岁的孩子，美丽固然具有吸引力，但并非什么必要的东西。如果她冲现在的我这么笑，不知我会如何反应，也许面对她的邀约，我也会像父亲一样，献出真心，忘掉身份，神魂颠倒。

“你认为世界是这个样子。”莱蒂说，“你认为它很简单，可以任你玩弄于股掌之间，可事实并非如此。”

“怎么可能？你什么意思？难道你和你的家人会为了保护这个世界而阻拦我？你是你们家唯一一个离开农场边界的人，还在不知道我名字的情况下企图封印我。你母亲就不会干这种蠢事。

小姑娘，我可不怕你。”

莱蒂把手探入手提袋深处，掏出那个关着透明蠕虫的果酱瓶。

“跟我回去吧。”莱蒂说，“我是出于善意，出于好心。相信我，接受吧。我想我们最初相见的地方，那个橙色天空的世界，是离你家最近的地方，可即便如此，依旧路远迢迢。我无法把你从那儿送回你出生的地方，我问了姥姥，她说那个地方压根已经不存在了。不过你一旦跟我回去，我们会为你找个相似的地方，在那里你会很开心，很安全。”

乌苏拉翻身下床，站起身，居高临下地看着我们。闪电不再环绕她的身体起伏翻腾，可她裸身站在卧室里的模样比她飘浮在暴风雨里的样子更加可怕。她是个大人，不，不只是大人，她年纪很大，我从未像现在这样，觉得自己像个弱小无力的孩童。

“我在这儿很开心。”她说，“开心得不得了。”接着她用近乎遗憾的语气说，“而你们，就开心不了了。”

我听到一声轻响，像是破布烂衫在抖动。屋里的灰色布条开始一条接一条与天花板分离。布条落了下来，可并非直线下落，而是从四面八方冲我们飞来，仿佛我们是磁铁，把它们都吸了过来。一条灰布落在我的左手背上，粘住不动了，我用右手抓住这条灰布，想把它扯下来，一开始没扯动，我用了点劲，把它扯了下来，灰布与皮肤的相接之处顿时发出一声如同吮吸的声音。我的左手背上刚被布条粘住的那一块变色了，它变得那样红，红得仿若嘬了很长很长时间，嘬得比我在现实中的任何一次都更加长久、更加用力。

一颗颗红色血珠从手背上沁了出来，我不由得伸手擦拭，抹成一团血污。紧接着，一条形如绷带的长布条缠上了我的腿，眼见有一条布要落到我的前额上，我赶紧躲开，却被另一条布蒙住了眼睛。眼前什么都看不清了，我只好拉扯蒙住眼睛的布条，不料又被一条布条缠住双手手腕，绑到了一起。随即我的双臂被绑到了身上，我失去平衡，跌倒在地。

如果我生拉硬扯，这些布条会让我受伤。

世界一片灰暗。我放弃挣扎，躺倒在地，专注于一呼一吸，幸好缠绕的布条为我的鼻子留了个空当。它们把我束缚住，如同活物。

我躺在地上，默默听着，除此之外什么也做不了。

乌苏拉说："我需要这个男孩安全无虞，我说过要把他关进阁楼，那就这么办。至于你，农场的小姑娘，我该拿你怎么办呢？得想个妙招。把你身体里的东西翻到外头怎么样？那样你的心脏、大脑和肌肉就会暴露在外，而皮肤会被包裹在内，然后我会把你封存在我的房间，也就是这里，让你的眼睛永远只能盯着你身体内部的黑暗。我做得到。"

"不。"莱蒂说，我觉得她的声音有些伤感，"其实你做不到。我给过你机会了。"

"你不过是在威胁我，吓唬谁呢？"

"我没有威胁你。"莱蒂说，"我非常希望你能抓住机会。当你在这个世界上寻找同类时，你就没有想过，这儿为什么连一个岁数大的同类都没有吗？你从来没想过。你很开心你在这个世界独一无二，你从没停下来思考过。”

“斯卡萨奇，姥姥把你们这类东西叫作跳蚤，其实她随便怎么叫你们都行，我想她就是觉得跳蚤这个称呼比较好笑……她不介意你们是什么，她说你们够无害了，就是有点蠢。因为在这片天地，有种以跳蚤为食的东西，姥姥管它们叫恶枭。姥姥一点也不喜欢它们，说它们残暴无情，非常难缠，还总是不知餍足。”

“我才不怕呢。”乌苏拉嘴上这么说，声音却透着恐惧。她接着说：“你怎么知道我的名字？”

“我今天早上调查过了。我还找了其他东西——一些界标，防止你跑得太远，卷进更多的麻烦。来的路上，我沿途还撒了面包屑，径直通向这个房间。现在打开这个瓶子吧，取出通道，我们送你回家。”

我等待乌苏拉回应，可她一声不吭，不予应答。耳边唯有一声门被摔上的巨响，和其后咚咚咚迅速跑下楼梯的声响。

莱蒂的声音近在耳旁。她说：“她应当留在这里，接受我的提议才好。”

我感受到莱蒂的手抓住了贴在我脸上的布条，吧唧，布条在分离时依然发出了濡湿的吮吸声，可感觉上已失去生机。布条脱落后掉到地上，一动不动。这回我的皮肤没有渗出血珠，可糟糕的是我的胳膊和腿都跟睡着了似的，不听使唤。莱蒂扶我站起身来。

她看上去闷闷不乐。

“她去哪儿了？”我问。

“她循着面包屑跑到屋外去了。她害怕了，可怜的家伙，她真的太害怕了。”

“你也在害怕。”

“是有点。我想现在她应该已经发现自己被我设下的界标困住了。”

我们来到卧室门口。楼梯顶端玩具士兵所在的位置此刻是一道撕开的大裂口。我尽我所能描述一下：就像有人给楼梯拍了张照片，然后把士兵从照片上撕掉了。士兵的所在之处一无所有，唯有一片死灰，看久了让我眼睛疼。

“她在害怕什么？”

“我和你说过。恶枭。”

“你也害怕恶枭吗，莱蒂？”

莱蒂犹豫良久，只回答了一个字：“怕。”

“可你不怕乌苏拉。”

“我不会害怕她。正如姥姥所说，她就像一只跳蚤，自命不凡，目空一切，恣心纵欲，就像一只吸饱了血肚皮都快胀破的跳蚤。但她无法伤害我。在我生活过的诸多时代，她的同类我见过几十个。比如克伦威尔执政的时代就有一个，那个有点意思，他让人们感到孤独。为了消除孤独感，人们用各种法子伤害自己：挖出眼珠啦，跳下深井啦。自始至终，那个蠢货就坐在大公爵的地窖里，像只和斗牛犬一般大的又矮又胖的癞蛤蟆。”

我们已下了楼梯，正沿着过道走向门口。

“你怎么知道她去了哪里？”

“哦，除了我给她铺设好的路，她哪儿也去不了。”前屋里，我妹妹仍在弹奏《筷子》。

我们走出前门。

“他很恶心，克伦威尔时期的那个，但我们赶在饿鸟到来前，送他离开了那里。”

“饿鸟？”

“就是姥姥口中的恶枭。清洁者。”

“听起来不可怕啊。我知道乌苏拉害怕它们，可我不怕，做清洁的有什么可怕的？”

11

我们在玫瑰花丛边的草坪上抓住了乌苏拉，她正抱着那个果酱瓶，透明的虫子悬浮在瓶子里。乌苏拉看上去神色古怪。她先拧了拧瓶盖，接着停了下来，抬头望天，又收回目光，再次看向果酱瓶。

她跑向我的山毛榉，挂着绳梯的那一棵，使劲把果酱瓶甩到树干上。若她是想借此敲开瓶盖，那她未能如愿。果酱瓶仅是弹开，落到盘根错节、半遮半掩的地衣上，完好无损。

乌苏拉怒视莱蒂，质问道："为什么？"

"你自己心里清楚。"莱蒂说。

"你为什么让它们进来？"乌苏拉哭了起来，让我浑身不自在。我不知道在大人哭泣时该怎么做。在此之前，我只见过两次大人哭：我姑姑病逝时，我曾在医院见过爷爷奶奶哭；我也见过我妈哭。大人不能哭泣，我知道这一点，他们没有母亲在身边安慰他们。

不知道乌苏拉是否有过母亲。她的脸上沾着泥，膝盖上也是。她在号啕大哭。

我听到一个怪异的声音从远方传来：低沉的弹拨声，像是有人在拨弄一根绷紧的弦。

“让它们进来的不是我。”莱蒂说，“它们想去哪儿就去哪儿。这儿它们很少来，因为没什么可吃的。可现在，这里出现了它们的食物。”

“送我回去。”乌苏拉说。此时此刻，我觉得她看上去一点都不像人了。她的脸怎么看都别扭，像是用类似人脸的特征草草拼接而成，比如我的山毛榉一侧上像疙瘩一样突起的灰色螺纹和树瘤，再如奶奶的房子里床头板上的花纹。这种花纹若在月光下以一种不妙的角度看，就会像一个张开大嘴、放声尖叫的老头。

莱蒂捡起绿色地衣上的果酱瓶，拧动瓶盖。“你先自顾自跑掉，然后把瓶盖弄得紧成这样。”说完后，她走向碎石路，瓶盖冲下，一手抓住瓶底，猛力一敲，接着再一次中气十足地把瓶子砸向地面。随后她把瓶盖翻到上头，又拧了拧。这回盖子拧开了。

她把果酱瓶递给乌苏拉，乌苏拉把手伸进瓶子，拉出了那条透明虫。这条虫子曾是我脚底的一个洞。它不断蠕动伸缩，似乎因乌苏拉的触摸而十分愉悦。

她把虫子甩到草地上，虫子渐渐变大，不过没有发光。它变了：仿佛比我料想的离我更近。我可以从中穿过，从一头到另一头。我能沿着它一路奔跑，如果这条通道的尽头不是一片满是辛酸苦楚的橙色天空。

当盯着虫子看时，我的胸口又一阵剧痛：冰凉彻骨，如同刚吃下太多冰激凌，以至于身体内部都冻住了。

乌苏拉走向通道入口。（那怎么会是一条通道呢？我想不通。它仍是一个闪烁着银黑光辉的透明虫洞，躺在草地上，不过一英尺长左右，如同一个小东西在我眼中变焦放大了。不过它确实是一条通道，你能带着一栋房子从中通过。）

她停下脚步，哇哇大哭。

“回去的路……不完整了。”她说，“坏掉了，缺了门的最后一部分……”她困惑地环视四周，最后把目光聚焦到我身上——不是我的脸，而是我的胸口。她笑了。

接着她摇身一变，上一刻还是个满身泥泞的裸体成年女性，下一刻就像一把肉色雨伞，徐徐张开。

打开时，她伸长双臂抓住我，把我拉离地面，带上高空。我惊慌失措地攀住了她的手臂。

我抓着一团肉，离地至少十五英尺，和树一样高。

我手里抓着的不是一团肉。

而是一块陈旧的布料——一片脆弱而破烂的帆布。我感受到帆布之下是木头，不是品质优良、坚实牢靠的木头，而是那种在树木坍塌的地方常见的风烛残年的木头，总是湿漉漉的，用手指一捻就碎得七零八落，软软的木质里有小甲虫，有树虱，还满是丝丝缕缕的真菌。

抓着我时，帆布嘎吱作响，左右摇晃。

“你把路堵死了。”它对莱蒂说。

“我没有。”莱蒂说，“把我的伙伴放下来。”她在我下方，离我有好一段距离。我怕从高处坠落，也怕抓住我的这个怪物。

“回去的路不完整，被堵死了。”

“先慢慢把他放下来好吗？”

“他可以补全这条路。残余的路在他体内。”

那样我必死无疑。

我不想死。父母曾告诉我，我不会真的死去，真我不会死去。他们说没有人在离世时真的死去了，还说我的猫咪和猫眼石矿工不过是换了个身体，不久之后就会回归。我不知他们所言是真是假。我只知道我习惯了做现在的自己。我喜欢看书，喜欢爷爷奶奶还有莱蒂，而死亡会将这些全部从我身边夺走。

“我要打开他。路坏了。缺他体内的那一部分。”

我想踢踹，可没有下脚之处。我用手指扒拉抓住我的“肢体”，指甲穿透破烂的帆布和柔软的木质，触碰到硬如骨头的木芯，而帆布怪依然紧紧抓着我。

“放开我！”我厉声尖叫，“放！开！我！”

不！

“妈妈！爸爸！莱蒂！让她放我下去！”

我的爸妈不在这儿，莱蒂在。她说：“斯卡萨奇，把他放下。我给过你一次机会。既然通道的末端在他体内，送你回家会困难一些，但我们依然做得到。就算妈妈和我做不到，姥姥也一定做得到。所以放他下来吧。”

“在他身体里的，不是一段通道，而是一扇门，一扇大门。这扇门悄悄爬升，深入到他的体内。为了离开这里，我只须穿透他的胸骨，掏出他跳动的心脏，把通道补全。”

无脸帆布怪没有发出人类的言语声，而是直接在脑中与我们对话，全然不似乌苏拉动听悦耳的声音。我知道它说的是什么意思。

“你的机会用完了。”莱蒂笃定地说，就像在告诉我们天空是蔚蓝的。她抬起两根手指搭在嘴唇上，吹出了刺耳、甜美而穿透天际的哨音。

它们来了。

高空之中出现了许多黑点，乌黑发亮，黑到极致，更像是出现在我的眼球上，而非确有其物。它们有翅膀，但不是鸟。它们比鸟古老，时而在空中回旋，时而螺旋前行，几十只，也许有上百只，每一只都扇动着不同于鸟的翅膀，缓缓下降。

我的脑海中浮现出一片几千万年前的峡谷，堆满恐龙的残骸，或是死于斗争，或是死于疾病；接着是比公交车还要大的无数只雷霆蜥蜴的腐尸；随后出现的是那个纪元的“秃鹫”：灰黑色，皮肤光裸，有翅膀但没有羽毛，来自梦魇的脸庞——血红的眼睛闪着饥饿的光，鸟喙之中密密麻麻全是锋利如针的利齿，撕咬、嚼食、吞噬全都不在话下。这种生物会落到雷霆巨蜥的尸体上，啃咬得除了骨头什么都不剩。

它们很庞大，身形流畅，由来已久。仅仅是看到它们，我的眼睛就会刺痛。

“放他下来，现在！”莱蒂对乌苏拉说。

抓住我的怪物没有要放我下来的意思。它没说话，立刻开始飞速移动，就像一艘支离破碎的高桅帆船，跨过草坪飞向通道。

我看得到莱蒂脸上的怒气，还有她紧握的拳头和发白的指关节。我还看得到头顶上不断盘旋的饿鸟……

突然，一只饿鸟以超乎想象的速度俯冲直下。我感到身旁的空气一阵激荡，看到一块长满尖齿的下颚和一对像煤气灶一样喷火的眼睛，听到一阵撕扯声，像是一块窗帘被一分为二。

饿鸟"嗖"的一下飞回高空，嘴里还挂着一条灰布。

我听到了惨叫声，脑海中有，耳边也有——是乌苏拉·芒克顿的声音。

接着所有饿鸟一起飞了下来，仿佛等老大打头阵后冲猎物一拥而上。它们飞向抓住我的怪物。梦魇们撕扯另一个梦魇，拉拽得四分五裂。从头到尾，乌苏拉的哭号声不绝于耳。

"我不过给了他们想要的东西。"她的语气既气急败坏，又惊惧不已。"我让他们快乐。"

"你指使父亲伤害我。"我对抓住我的帆布怪说。它正在不停挣扎，抵抗着撕扯它的无数梦魇。饿鸟们撕破它的身子，每一只都无声地扯咬出织线，拍着沉重的翅膀飞上高空，盘旋几圈后再次下落。

"我从没指使过任何人。"它对我说。有那么一刻，我感觉它在嘲笑我，可笑声转瞬之间变为一声尖叫，如此大声，如此凄厉，以至于震痛了我的耳朵和脑袋。

随后，支离破碎的帆仿佛失去了风的助力，抓住我的东西缓缓瘫倒在地。

我猛地落到草坪上，擦破了膝盖和手掌的皮。莱蒂拉我起来，扶着我离开那曾经自称为“乌苏拉·芒克顿”的怪物瘫软在地、体无完肤的残体。

它看上去依然是灰色的布条，可不像布条一般没有生机。它在我身边的草地上不停翻腾，滚来滚去，像一团令人作呕的蠕动物，被一阵我无法感知的风所吹动。

饿鸟们落在它身上，如同海鸥围住海滩上搁浅的鱼，疯狂撕咬，仿佛它们已经饿了一千多年，亟须饱餐一顿，而下一顿饭可能又得再等一千年。它们撕扯着灰扑扑的布条。在我的脑海中，我能听到饿鸟们狼吞虎咽地将千疮百孔的帆布肌理送入布满利齿的口腔时，帆布怪那痛苦而凄楚的尖叫。

莱蒂抓住我的胳膊，一言不发。

我们等候在一旁。

当尖叫声停下，我知道乌苏拉·芒克顿已经永远消失了。

黑色饿鸟将草地上的东西风卷残云般一扫而空，连一小块灰布片也不剩下，接着它们转向透明通道，通道正在蠕动，一抽一抽，宛如一个活物。几只饿鸟用爪子钳住通道，拽到半空，其余饿鸟张开饥饿的嘴，无情地将通道撕咬得彻底解体。

我以为吃下通道后它们就会离开，从哪儿来回哪儿去，可它们没有。它们落了下来，我试着数它们有多少只，可怎么也数不清。我本以为一共有几百只，但我可能错了。它们可能只有二十只，也可能多达一千只，我无法解释。也许它们的所来之地超越了时间与数字的法则。

它们落到地上。我盯着它们，可除了影子外什么也看不到。

好多好多影子。

它们都盯着我。

莱蒂说："你们已经完成了到这儿来的任务，抓到猎物并清理干净了。你们可以回家了。"

影子没有移动。

"回去！"莱蒂说。

草坪上的影子纹丝不动。若一定要说出点变化，它们的颜色更深了，看起来比先前更有实感。

——你没有凌驾于我们之上的力量。

"也许吧，"莱蒂说，"但我召唤你们来到这里，而现在，我让你们回家。你们吞噬了斯卡萨奇，这儿没你们的事了。快走。"

——我们是清洁者。我们来此地清洁。

"没错，你们已经清理了目标。回家去吧。"

——这儿还有需要清理的东西。杜鹃花丛间的清风和绿草窸窣着叹了口气。

莱蒂转身牵住我，说："跟我走。快点。"

我们飞速穿过草坪。"我带你去精灵环。"莱蒂说，"在我回来接你前，你必须待在里面。无论发生什么事，你千万不能从中离开。"

"为什么？"

“因为你可能会大祸临头。我觉得自己没法把你安全带回农场，现在的局面我一个人搞不定。可你在精灵环里就很安全。记住，无论看到什么，听到什么，都不要从中离开。只要待在原地，你就不会出事。”

“这不是个真正的精灵环。”我对她说，“不过只是一圈绿草罢了。精灵环是我们玩游戏时的戏称。”

“精灵环就是精灵环。”莱蒂说，“任何想伤害你的东西都无法穿透它。好了，好好待着。”她握紧我的手，牵着我走进绿草环，接着她转身就跑，奔入杜鹃花丛间，从我的视野中消失了。

12

斑驳的影子在精灵环外逐渐聚集，我用余光瞥见无数无形的斑驳黑点，似乎是饥肠辘辘的饿鸟。

那天下午，我站在精灵环里，环心有一棵枯死的树。我从未如此惶恐不安，失魂落魄。没有鸟儿歌唱，没有昆虫哼鸣。什么都没有变化。我听到树叶在沙沙作响，还有风吹过草地时草儿的叹息，可莱蒂不在这儿，微风也没捎来任何人的声音。令我恐惧的唯有层层环绕精灵环的影子，可即便直视，我也抓不住影子的形态。

太阳渐渐西沉，影子没入黄昏，变得越发朦胧不清。外头到底有东西吗？虽有犹疑，但我一步也没离开草环。

“嗨！男孩！”

我转过身。他正穿过草坪向我走来，身着我最后一次见他时穿的衣服：晚礼服、镶褶边的白衬衫，配黑色蝴蝶领结。他的脸依然透着骇人的樱桃红，仿佛在海滩上晒了太久，可他的手却十分苍白。他看上去像个蜡像，而非真人，应当在杜莎夫人蜡像馆的恐怖屋看见才对。当发觉我在看他时，他咧嘴一笑，活像一个蜡像勾起了嘴角，我咽了一口唾沫，希望太阳能再度升起。

“来吧，孩子。”猫眼石矿工说，“反正早晚躲不过，何必一拖再拖呢？”

我没有回应，直直地看着他。他锃亮的黑皮鞋踏上绿草环，可没有继续前进。

我胸腔里的心脏怦怦直跳，我敢说他一定也听到了。我的脖子和头皮一阵刺痛。

“孩子。”他用锐利的南非口音说，“它们得了结这件事。它们是吃腐肉的虚空秃鹫，清理残渣、收拾残局是它们的工作。它们会完美履行职责，清理得一干二净，把你彻底从这个世界清除，就像你从来没存在过一样。和它们去吧。不会痛的。”

我盯着他。我只听大人们说过：某个时候，某种情况下，若发生了什么事，就容易受重伤，就会很痛。

身着晚礼服、已经死去的男人缓缓转动头颅，直到他的脸正对我的脸。他的眼珠向上翻转，似乎正茫然地盯着高空，像个梦游者。

“你的小伙伴，她救不了你。”他说，“早在它们的猎物将你设为来往两地的门，将通道融入你的心脏时，你的命运就已经注定。”

“这不是我触发的！”我对死去的男人说，“这不公平。明明是你挑起了这一切！”

“没错。”他说，“你要来吗？”

我背靠精灵环中央的枯树坐下，闭上眼睛，没有挪动脚步。我寻思着一些诗歌来转移注意力，伴着呼吸无声地念诵，嘴巴在动，但没发出声响。

猎狗对屋子里的老鼠说：跟我到法庭去，我要把你控告……

我在上学时用心学了这首诗。这首诗由《爱丽丝漫游仙境》中的一只老鼠所念，爱丽丝在自己的眼泪汇成的泪湖中发现了它。

我能一口气背完这首长诗，我这么做了，无可避免地迎来了结尾。

我就是陪审员，我就是法官，我要亲自执法审判，我要判处你的死刑！

当我睁开眼睛抬头看时，猫眼石矿上已经不见了。

天空越发灰暗，世界正逐渐失去深度，折入黄昏。不知影子们是否还在原地，反正我是感觉不到它们了，或更甚之，也许影子已遍布整个世界。

妹妹从房子里出来向我跑来，呼唤着我的名字。当快到我身边时，她停下脚步，问：“你在做什么？”

“没什么。”

“爸爸打来电话了，他叫你去接电话。”

“不，他没有。”

“啊？”

“他没有那么说。”

"如果你不赶紧来，就等着吃苦头吧。"

我不知道这到底是不是我的妹妹，但我在草环里面，而她在外面。

要是随身带着本书就好了，尽管天色已经暗到几乎没法看书了。我再次在脑海中默念眼泪池中的那只老鼠所念的长诗。跟我到法庭去，我要把你控告，我不睬你的辩解，要把你审判。

"乌苏拉去哪儿了？"妹妹问，"她应该上楼回她的房间了，可她不在房间，不在厨房，也不在卫生间。我想喝茶。我饿了。"

"你可以自己动手做吃的。"我对她说，"你又不是什么都不会的小婴儿。"

"乌苏拉在哪里？"

她被来自异域的秃鹫怪撕成了碎片，说真的，我觉得你也是它们的一员，或被它们控制了，或诸如此类。

"我不知道。"

"等爸爸妈妈回家，我就告诉他们你今天很可怕，总是吓到我。你等着瞧吧。"她真的是我的妹妹吗？她的声音语气无疑和我妹妹一个样，可她一步也没跨入绿草环。她冲我吐了吐舌头，转身跑回房子。

老鼠对恶狗说："这样的审判，既没有陪审员，又没有法官，不过是白白浪费时间。"

暮色苍茫，万物失色，憔悴而疲惫。许多蚊子在我耳边嗡嗡哀鸣，一个接着一个，落到我的脸颊和双手上。幸好我穿了莱蒂堂兄这身古怪而过气的装束，因此裸露的皮肤很少。蚊子落到我的皮肤上时，我眼疾手快，一记掌击。一些蚊子飞走了，一只没飞走的蚊子正在我的手腕内侧大肆啜饮，被我一巴掌打得开膛破肚，余下一滴泪珠状的血液顺着小臂内侧往下流淌。

蝙蝠在我头顶上方盘旋。我向来喜欢蝙蝠，可那天晚上的蝙蝠实在是太多了，密密麻麻，铺天盖地，就和饿鸟一样。想到饿鸟，我不禁浑身发抖。

黄昏在不知不觉间化作夜晚，此刻我正坐在花园的精灵环内，什么也看不见。灯光，亲切温暖的电灯灯光，在房屋里亮了起来。

我不想惧怕黑暗。我不怕任何真实的事物。我只是一刻也不想继续待在这里，在漆黑之中，等待一个从我身边跑开且没有回来迹象的朋友。

猎狗说："我就是陪审员，我就是法官，我要亲自执法审判，我要判处你的死刑！"

我停留在原地。我亲眼看到乌苏拉被撕成碎片，被食腐肉的饿鸟疯狂掠食。这些饿鸟来自一个超乎我理解的宇宙之外的地方。一旦踏出精灵环，我心知肚明，我会和乌苏拉遭遇相同的命运。

我将念诵的内容从刘易斯·卡罗尔的《爱丽丝梦游仙境》改为吉尔伯特和苏利文的歌剧。

当你躺倒在地，被头疼折磨，无休无止的焦虑使休息成为禁忌。我想你沉浸于任何语言都没有不妥之处……

我喜欢这些词句的声音，尽管我不知晓含义。

我想尿尿。我背对房子，往枯树外走了几步，生怕再多迈一步就会踏出精灵环。我在黑暗中撒尿。刚刚尿完，一道手电筒的光刺痛了我的眼。父亲的声音响起：“你到底在这里做什么？”

“我……就是想在这里。”我说。

“嗯，你妹妹说了。好啦，是时候回家了，你的晚饭在餐桌上。”

我待在原地，摇了摇头：“我不去。”

“别傻了。”

“我不傻。我就要待在这里。”

“好了啦。”父亲的语气忽然变得调皮欢快，“跟我走吧，帅气的乔治。”这是他在我还是个婴儿时给我取的傻气昵称。他还为这个昵称配了首歌，一边唱一边抱着我在膝盖上弹动。这是世界上最美妙的歌曲。

我一言不发。

“我不会把你扛回去或拖回去。”父亲的语气渐渐露出锋芒，“你已经不小了。”

没错，我心想，可你得跨入精灵环来接我。

可现在还在乎精灵环似乎非常愚蠢。这是我的父亲，不是饿鸟引诱我出去的“蜡像”。现在是晚上，父亲下班回家，时间没有错。

我说：“乌苏拉走了，不会再回来了。”

父亲愠怒地说：“你做了什么？你是不是恐吓她了？是不是对她很粗鲁？”

“我没有。”

他让手电筒的光照到我脸上，十分刺眼。“告诉我你对她说了什么。”他似乎在努力控制脾气。

“我什么都没对她说。她就这么走了。”

这话没错，或者说大体上没错。

“你现在就给我回家。”

“求你了，爸爸，我必须待在这里。”

“给我立刻回家！”父亲扯着嗓门怒吼。我承受不住：下嘴唇不断颤抖，鼻子开始流涕，泪水涌出眼眶，模糊了视线，生疼不已。但泪水没有下落，我眨巴眼睛，硬生生地憋了回去。

正在和我说话的人，他真的是我的父亲吗？

“我不喜欢你吼我。”我说。

“我也不喜欢你跟个小畜生似的！”他冲我大吼。我再也忍不住，泪水夺眶而出，淌下面颊。那一夜，我在哪儿都好，就是不要在这个地方。

在过去的几个小时，我顶住了比他所经历的更可怕的遭遇。忽然间，我明白了：我已经不在乎了。我抬起头，看着光亮后方高大的黑色身影，说：“惹哭一个小男孩让你觉得自己很强大？”话一出口，我就后悔了，这句话我永远都不应该说出来。

借着手电筒的光晕，我看到他的脸皱成一团，写满惊诧。他张开嘴想说什么，又随即合上。无论是在此之前还是之后，我都不记得父亲曾一度哑口无言。只有这一次。我觉得无比糟糕。我马上要死在这里了，我不想临死之际嘴边挂着这句话。

可手电筒的光从我身上移开。父亲只说了两句话：“我们就在屋里。我会把你的晚饭放进烤炉。”

我目送着手电筒的光划过草坪，经过玫瑰花丛，向着房子上移，直至消失于视野之外。我听到后门打开，又再次关上。

你得以闭上双眼，小憩片刻，灼痛的眼球和钝痛的脑袋终得舒缓，可噩梦接连不断，你宁愿醒来……

有人在笑。我停下口中的歌吟，环视四周，可一个人也没见到。

“梦魇之歌。”一个声音说，“多么合乎时宜啊。”

她向我走来，模糊的脸庞逐渐清晰。她几乎全裸，面带微笑。几个小时前，我看到她被撕成碎片，而现在她是完整的，不过看上去比今晚我所见过的其他人都要虚幻。我看到房子闪烁的灯光穿透她的身体。她的笑容依然未变。

“你已经死了。”我对她说。

“没错，我被吞噬了。”乌苏拉·芒克顿说。

“你死了，你不是真实的。”

“我被吞噬了，”她重复道，“成了虚无。它们把我从体内放出来，只允许我出来一小会儿。那里很冷，很空。但它们向我保证会把你送给我，这样我就能有一个可以玩弄的东西，可以在黑暗中作伴的东西。等你被吞噬后，你也会化作虚无。你化作虚无后所剩下的东西都会属于我，成为我的玩具、我的消遣，我们将作为同被吞噬的伙伴，一直共处到时间尽头。我们会相处得非常愉快。”

一只虚幻的手举了起来，触碰唇上的微笑，为我送来一枚乌苏拉的飞吻。

“我等着你。”乌苏拉说。

身后的杜鹃花丛沙沙作响，另一个声音响起，是个轻快而年轻的女声：“没事啦。姥姥已经搞定了，所有事情都已办妥。你出来吧。”

杜鹃花丛上的月亮清晰可见，皎洁的新月，如同剪下的一片厚指甲。

我坐在枯树旁，没有动。

“过来吧，小笨蛋。我跟你说，它们都已经回家啦。”莱蒂说。

“如果你真的是莱蒂的话，”我对她说，“那你就过来啊。”

她停留在原地，露出朦胧的女孩外形。接着她笑了笑，向四周伸展，不断颤动。她不过是另一个影子，一个填满黑夜的影子。

“你饿了。”黑夜里的声音说。这已不再是莱蒂的声音，也许是我幻听，可这声音非常响：“你累了。你的家庭厌恶你。你没有朋友。至于莱蒂·赫姆斯托克，我们遗憾地告诉你，她永远也不会回来了。”

要是能看清是谁在说话就好了。有个恐惧的具体对象，比起面对可以化作任何东西的某样东西，要容易面对得多。

“谁在乎你呢？”那个声音是如此无可奈何，又如此切中要害，“好啦，踏出圆环，到我们这边来吧。只需一步就好。踏出边界，我们就会让你的痛苦烟消云散。无论是此刻的痛苦，还是即将到来的痛苦，通通化为乌有，再也不会找上你。”

这已不再是一个人的声音，而是两个人，乃至一百个人在齐声说话。好多好多声音，我辨不出到底有多少。

“你在这个世界怎么能开心呢？你的心脏里有个虫洞，身体里有个通向未知世界的入口。当你日渐长大，它们会不断渴求，不断叫嚣，让你一刻也无法忘却它们的存在。若你没有听从它们发出的‘心声’，找寻到那个你无法拥有乃至无法想象的东西，缺失之感就会让你夜不能寐，搅乱你的日常，摧毁你的生活，直到你最后一次合上双眼，直到你所爱的人给你下毒，把你卖给解剖者。即便死到临头，你的身体里仍然有个虫洞，你会哭号，你会咒骂这浑浑噩噩的一生。你无法成长。当然，你可以选择走出来，由我们为此画上句号，清清爽爽，干干净净，不然你也可以选择待在圆环里，死于饥饿和恐惧。等你死了，这个圆环就会毫无用处，我们就能拽出你的心脏，夺走你的灵魂，留作纪念。”

“你说的也许是真的，”我对黑暗与影子说，“也许不是。就算是真的，那就那样吧，我不在乎。我要在这里等莱蒂，她会回来找我的。你们这帮愚蠢又恐怖的家伙，就因为我身体里多了点东西，连我自己都不想要的东西，就想把我撕成碎片，就算在这里等莱蒂等到死，也好过你们说的那种去路！”

沉寂。无数影子似乎再次融入黑暗。我回想了一下自己刚刚说的话，确认那些都是我的心里话。在童年的那一刻，我居然不再害怕黑暗，甚至能从容赴死，只要是因等待莱蒂而死。因为她是我的朋友。

时间一分一秒逝去。我等待黑夜再度开口与我对话，等待有人到来，等待想象中的幽灵鬼怪站在圆环外诱使我出去。可什么都没再发生，只有我在静静等待。

月亮越升越高。我的眼睛适应了黑暗。我默默哼唱，拢出一个个词的嘴形。

你的身心频频受挫，你的脖颈时常痉挛
怪不得你常头搁地板，鼾声连连
针扎般的疼痛起于脚心，直贯胫部
肌肉的抽痛打搅了左腿的睡眠
脚趾的绞痛
鼻头的苍蝇
肺中的尘团
灼烧的舌头
干渴难耐何时解
三叶草间困难眠

我把整首歌从头到尾唱了两三遍，唱给自己听。记得所有的歌词让我心安，即使我一直没太理解歌词的含义。

13

当莱蒂到来时，这回是真正的莱蒂，她提着一桶水。考虑到她要走这么长的路，这桶水在她手中想必非常沉重。她跨过草环边缘，径直向我走来。

“对不起。”她说，“我没想到要花这么长时间。它不愿意合作，只好由我和姥姥来做，姥姥提着这桶沉甸甸的水走了大半的路。它不愿与姥姥争吵，但死活不肯帮忙，这实在太不容易了……”

“什么？”我问，“你在说什么？”

她把金属桶放在我身边的草地上，一滴也没有洒。“我在说海洋。”她说，“它不愿离开，姥姥费了好大的劲与它斗，折腾完后她说她得躺下休养一阵子。不过我们终归弄到了一桶海水。”

水桶里的水闪闪发亮，放射出蓝绿色的莹莹光辉。我看到莱蒂的脸倒映在水面上。一道道波纹，一圈圈涟漪，水波涌上最高点，撞击到桶壁，溅起水花，又再次落回水面。

“我没听懂。”

“我没法带你到海洋那儿。”莱蒂说，“但没什么能阻止我把海洋带到你身边。”

我说：“我好饿啊，莱蒂，我不喜欢这样。”

“妈妈正在做晚饭，你再忍耐一会儿吧。我来之前你一个人待在这里，你害怕吗？”

“怕。”

“你想过跨出精灵环吗？”

“想过。”

她牵起我的手，紧紧握住：“可你没有离开精灵环，没有听信它们的话。干得漂亮。这就是毅力，这就是品质。”她听起来非常自豪。在那一刻，我忘记了饥饿，也忘记了恐惧。

“我现在要怎么做？”我问。

“踏进水桶，你不用脱鞋，直接进去就行。”

听上去不是很奇怪。莱蒂松开我的一只手，依然抓着另一只。我心想：我绝不会松开你的手，除非你叫我这么做。我抬起一只脚，放入晶莹剔透的海水，水几乎要溢出桶外。我踩到桶底，水很凉爽，但不冰冷。我把另一只脚也放入水中，随着水一同下沉，如同一块大理石雕像，莱蒂的海洋的波浪霎时没过我的头顶。

倘若你头也不回地向后倒退，跌入一个泳池，想必你会受惊。我此刻的心情就与你跌入水池时的心情一样。海水刺痛了我的双眼，我闭上眼睛，闭得非常非常紧。

我无法游泳。我不知自己身在何处，也不知到底发生了什么。可即便在水下，我感觉到莱蒂依然握着我的手。

我努力屏住呼吸。

直到再也憋不住后，我吸了一口气，以为自己会被呛死。

我没有呛水。我感受到凉凉的水（如果那是水的话）涌入我的鼻腔和喉咙，充满我的肺部，不过仅此而已，它没有让我痛苦。

我想，这是一种可以让人呼吸的水。我想，也许能在水中呼吸是个秘密，只要知道，每个人都能轻松做到。

这是我所想的第一件事。

我所想的第二件事是：我知晓了一切。莱蒂·赫姆斯托克的海洋在我体内流动。我知道从“蛋”到“花”，它填满了整个宇宙。我知道什么是“蛋”——那是宇宙起始之初，尚未创造之声在虚空中的吟唱之地；我知道“花”在何处——空间在空间之上具有微妙的褶皱，折为维度，如同一朵朵绽放的奇异兰花，标志着万物终结之时、下一次大爆炸来临之际最后的美好时光。但我知道，万物不会全部终结。

我知道，赫姆斯托克老太太会度过这一宇宙，就像度过上一个宇宙一样。

我看到了自己自出生后曾走过的世界，体会到这个世界是多么脆弱，而我所知的现实不过是一块硕大的黑色生日蛋糕上那层薄薄的糖霜，混杂着不断蠕动的幼虫、梦魇与饥饿。我从上方和下方观察了这个世界。我看到了超越现实的图案、大门和通道。

我看到了这些东西并加以理解，它们将我填满，就像海洋的海水一样。

万物在我体内轻言细语，彼此交流，我全部都能听懂。

我睁开眼睛，很好奇包围着我的世界里有什么，是否与我体内的世界有相似之处。

我悬浮在海水深处。

我向下看，下方的蓝色世界融入黑暗；我向上看，亦是如此。没有力量把我拉向更深处，也没有力量把我推向水面。

我微微扭头去看莱蒂，因为她依然牵着我的手。她自始至终没有放开我的手。我看到了她。

起初，我没明白自己看到的到底是什么，我想不通。乌苏拉·芒克顿由在暴风中肆意翻飞的灰色布条组成，而莱蒂·赫姆斯托克由丝绸薄片组成，冰的色泽，内部是星星点点的闪烁烛焰，足足有成百上千缕。

真的存在能在水中燃烧的烛焰吗？当我身处海洋，我知道答案是存在，我还知道其原理。我理解这回事，就像我理解了什么是暗物质，暗物质构成宇宙万物，它必定在那儿，只是我们无法发现。我发觉自己正在想着一片海洋，它在整个宇宙之下奔腾流转，如同一波接一波轻柔拍击老旧木码头的幽暗海水。这片从永恒延伸到永恒的海洋居然能缩小到装入一个水桶，只要你礼貌地请求赫姆斯托克老太太助你一臂之力。

莱蒂看起来像浅色丝绸与缕缕烛焰。我不知道我在她眼中是什么样子，但我知道即使在这个除了知识皆为空无的地方，这也是我无从得知的一件事。如果向体内看，我只能看到无数的镜子，凝视自身深处，无穷无尽。

满是烛焰的丝绸移动了，一个缓慢而优雅的水下动作。在水流的拉扯下，它生出了手臂一直拉着我的手、身体和一张熟悉的雀斑脸蛋。它张开嘴，用莱蒂的声音说："我很抱歉。"

"为何？"

她没有回答。水流像夏日的微风一样拂过我的头发和衣服。我不再寒冷，不再饥饿，我无所不知。整个浩瀚无垠、错综复杂的世界变得如此简单清晰，触手可及，轻轻松松便可揭开神秘面纱。我余下的时间都会待在这里，待在这片海洋，或者说宇宙，或者说灵魂，或者说一切有分量之物的集合之中。我会永远待在这里。

"你不能永远待在这里。"莱蒂说，"它会毁了你。"

我张开嘴，想告诉她现在没有任何东西能杀死我，可她却说："不是杀了你，而是毁了你，溶了你。你不会死在这里，没有任何东西曾死在这里，可你若在这里停留太久，你的一部分就会扩散出去，变得无处不在。这不是一件好事。没有足够的你聚集在一个地方，'我'的意识就会消失。你将不再有想法，不再有观点，因为你会变成一长串无穷无尽的想法和观点。"

我想和她争辩。她错了，绝对错了。我喜欢那个地方，那种状态，那样的感受。我永远不会离开那里。

下一刻，我的头撞破水面。我眨了眨眼睛，咳了几声。我正站在赫姆斯托克农场后方的水塘中，池水漫及大腿，莱蒂站在我身边，握着我的手。

我又咳了几声，感觉到海水逸出了鼻腔、喉咙和肺部。我大口呼吸，让新鲜空气填入胸腔。一轮硕大圆润的丰收月挂在赫姆斯托克农舍的红砖屋顶上，洒下清辉。在妙不可言的最后一刻，我依然无所不知：那时我仍知道如何在需要时让圆月当空，每一夜都照耀到屋子的背面。

我刚刚还处于无所不知的状态，可莱蒂把我从池塘里拉了出来。

我仍穿着早晨她们为我准备的那身怪异而老气的衣服。当我把脚抬出池塘，踏上岸边的草地时，我发现我的衣服和皮肤都滴水未沾。海洋退回了池塘。如同在一个夏日从梦中醒来，我脑海中残余的认知仅剩：在不久前我还无所不知。

我看向月光下的莱蒂，问："你一直是那样吗？"

"我一直是怎样？"

"一直以来，无所不知？"

莱蒂摇摇头，脸上没有笑意。她说："无所不知太无聊了。若你想在这儿找些乐子，就得放弃那些个东西。"

"所以说，你曾经无所不知？"

她皱起鼻子："我跟你说，所有人都曾无所不知。知道万物如何运作并不稀奇，而你得放弃掉这个能力，才能享受。"

"享受什么？"

"这些。"她的手挥向农舍、天空、不切实际的满月和一束束、一片片、一簇簇的璀璨群星。

我希望自己明白了她的意思。她似乎在谈一场我俩共享的梦。有那么一瞬间，这场梦在我脑中近在咫尺，触手可及。

“你一定饿了吧。”莱蒂说。那一瞬间霎时破碎。没错，我快饿死了，饥饿之感占据了我的头脑，吞噬了残存的梦影。

我们来到农舍的大厨房。我的桌位上有一个盘子，盛着一份肉馅土豆饼：主料是一块土豆泥，上表面是棕色脆壳，下面垫着碎肉、蔬菜和调味肉汁。我向来害怕在家以外的地方吃饭，害怕因剩下不想吃的食物被数落一顿，害怕被逼着坐下来小口进食直到吃光，就像在学校时一样。不过赫姆斯托克家的食物向来可口，从不会让我害怕。

金妮·赫姆斯托克在厨房里，穿着围裙忙得团团转。她身材圆润，让人备感亲切。我一言不发，低头吃饭，一勺勺挖起美味的食物送进嘴里。金妮和莱蒂正在低声说话，语气急促。

“它们很快会找来这里。”莱蒂说，“它们不蠢。在最后一口目标没吞下肚前，它们绝不会善罢甘休。”

金妮吸了吸鼻子，脸颊上的红润因炉火的暖意更深了几分。“荒唐可笑。”她说，“它们就是不知餍足的嘴，每一只都是。”

我从没听过这个表达，我想她是在告诉我们，这种生物不过是嘴而已。要说那些影子实际上是嘴，的确说得通，我亲眼看到它们把自称为“乌苏拉·芒克顿”的怪物疯狂吞噬得一干二净。

我妈妈的妈妈会批评我吃饭的样子像野兽，她会对我说：“你要细嚼慢咽，像个人，而不是狼吞虎咽，像只猪。动物吃起饭来茹毛饮血，人吃起饭来细嚼慢咽。你得像个人一样吃饭。”狼吞虎咽，茹毛饮血，这正是饿鸟们吞食乌苏拉·芒克顿时给我的感受。毫无疑问，它们也会这样把我吞噬殆尽。

“我从没见过那么多恶枭。”莱蒂说，“过去它们来的时候，只有几十只。”

金妮为我倒了一杯水，对莱蒂说：“这是你自己的错。你放出信号把它们叫来，就像敲响了晚餐铃，它们自然会蜂拥而至。”

“我只想确保乌苏拉愿意离开。”莱蒂说。

“她这种东西，就像逃出鸡舍的鸡，高傲自大，目空一切，为所有的蠕虫、甲虫和毛毛虫都是自己的盘中餐而自命不凡，却从没想到过世上还有狐狸。”金妮说，“而现在，我们招来了一大群狐狸，所以我们得把狐狸也送回家。过去有几次它们四处嗅探、找寻猎物的时候，我们就把它们送了回去，是吧？”

“和这次不太一样。”莱蒂说，“过去要么是我们把跳蚤送回家，弄得恶枭没有目标可寻，就像克伦威尔执政时期地窖里的那只跳蚤。要么是恶枭找到了跳蚤，把它抓到半空中带走，比如红毛威廉二世时期让人梦想成真的那只肥跳蚤。过去，我们从来不需要刻意摆脱它们。”

金妮耸了耸肩：“都是一回事，我们只要把它们送回家就行。”

“那它们的家在哪里？”莱蒂问。

我放慢吃饭的速度，用叉子叉住残余的肉馅土豆饼，绕着盘子缓缓转圈，让最后几口馅饼在盘中停留得越久越好。

“这不重要。”金妮说，“它们总归会回去的，没准等得无聊了就自个儿回去了。”

“我试着推了它们一把，可没有用。”莱蒂就事论事，语气淡然，“我就用一个保护罩罩住了它们，但撑不了多久。这里是安全的，没有我们的允许，任何东西都不能进入农场。”

“进来或出去都不行。”金妮说。她拿走了我吃空的盘子，又放上一个碗，碗里盛着一块热气腾腾的葡萄干布丁，浇了一层厚厚的黄色蛋奶沙司。

我吃得津津有味。

我不怎么想念童年，但我想念那时即便大局岌岌可危，而自己仍能从小事中获得喜悦的能力。我无法控制我所寄身的世界，无法逃离伤害我的人或事，无法从伤心崩溃的时刻中抽身而出，但我依然能从让我开心的事物中获得满足。蛋奶沙司香甜浓郁，入口即化，胀鼓鼓的黑色葡萄干点缀在厚如蛋糕、嚼劲十足、朴实无华的布丁上，喷香扑鼻。也许我活不过今晚，也许我再也回不了家，但这顿晚餐非常棒，再说我信任莱蒂・赫姆斯托克。

厨房外的世界依然在等待。赫姆斯托克家的雾色家猫（我想我从未知晓她的名字）走过厨房，落地无声。这让我想到……

“赫姆斯托克太太？那只白耳朵的小黑猫，她还在这儿吗？”

“今晚不在。”金妮・赫姆斯托克说，“她出去转悠了。今天下午，她还在门廊的椅子上睡觉呢。”

我想抚摸她柔软的毛皮。我想……我意识到，我想和她道一声永别。

“呃，我是说，如果我今晚，难逃一死……”我吞吞吐吐，不知前方将要面临什么。我想请求她们，代我向爸爸妈妈说声再见，或告诉妹妹什么坏事都没撞她身上真是不公平。她的生活安全无虞、安逸自在，而我却接二连三地陷入泥淖、卷入灾难。可我怎么想都觉得不对劲，当金妮打断我时，我松了口气。

“今晚没人会死。”她信誓旦旦地说。她收走我的空碗，拿到水池里冲洗干净，接着用围裙把手擦干。她脱下围裙，拐进走廊，几分钟后套着一件朴素的棕色外套和一双大大的深绿色长筒雨靴再次出现。

莱蒂看起来没有金妮那么有把握，即使年龄和智慧摆在那儿，她毕竟是个女孩，而金妮是个大人，她的自信令我安心。她们两人我都无比信任。

“赫姆斯托克老太太呢？”我问。

“她在打盹儿。”金妮说，“她没年轻时那么精力旺盛了。”

“她多大年纪了？”我随口一问，没指望能听到答案。金妮只是笑了笑，莱蒂耸了耸肩。

我们离开了农舍。我一直抓着莱蒂的手，心里暗自许诺，这次我再也不会把手松开。

14

当我从后门进入农舍时，满月当空，夏夜静好。当我与莱蒂和她的母亲从前门离开时，多云的天幕上挂着一弯微笑的白色月牙，和煦的春风不时吹拂而过，风向不定，一开始从这边吹来，一会儿又从另一边吹来。时不时，一阵风会捎来淅淅沥沥的雨滴，和风细雨自飘摇，一点也没有暴风骤雨的前兆。

我们穿过散发着浓烈粪肥味儿的农家院，走上小路。我们拐了个弯。尽管很黑，但我很清楚这儿是什么地方。这儿是一切的起始之地。猫眼石矿工把我家的迷你车停在这个角落，独自赴死，脸色如同石榴汁，内心为输掉的钱而悲痛不已。这儿是赫姆斯托克农场的边缘，生与死的界限薄得一捅即破。

“我们是不是该叫醒赫姆斯托克老太太？”我提议。

“没用的。”莱蒂说，“她累得睡着以后，只能等她自己醒来，也许要过几分钟，也许要过几百年。什么都叫不醒她，就算引爆原子弹也没用。”

金妮停下脚步，站在小路中央，背对农舍。

“行了！”她对夜空高喊，“过来吧！”

没有回应。一阵潮润的风刮过，转瞬即逝。

莱蒂说：“也许它们都回家了……”

“那样最好。”金妮说，“省得麻烦。”

我罪恶感重重。我知道，这都是我的错。如果当初我没有松开莱蒂的手，后续的麻烦就不会接踵而至。乌苏拉、饿鸟，引来它们无疑是我的责任。还有昨夜发生（也许已经没有发生了）在冰冷浴缸里的事，也是我咎由自取。

我灵机一动。

“你们不能把它剪掉吗？我是说我心脏里那个它们想要的东西，你们能把它剪掉吗？就像昨晚老太太剪衣服那样。”

莱蒂在黑暗中握紧了我的手。

“如果姥姥在这儿，说不定能行。”她说，“但我做不到，我想妈妈也做不到。从时间中剪掉某些东西再缝好，这非常难，你得确保所有边缘严丝合缝。就算是姥姥，也未必次次成功。而你心脏里的东西更麻烦，它是个真实的东西，我想姥姥也不一定能在取出它的同时，保证你的心脏完好无损，而你离不开你的心脏。”接着她说，“它们来了。”

不过在她开口之前，我已经意识到了变化。平生第二次，我看到大地开始闪耀金光：花草树木、树篱、柳树丛和最后几束离群的黄水仙绽放出莹润的暗金色光泽。我环视四周，半是恐惧，半是好奇。我看到在农舍后方西边，也就是池塘的所在之处，金光最为耀眼夺目。

我听到无数强健的翅膀一齐拍打的声音，还有一连串低沉的碰撞声。我扭过头，看到了它们：虚空秃鹫、食腐肉者、饿鸟。

在这个地方，它们不再是影子。它们无比真实。它们堪堪降落在金光之外的黑暗之处，或悬在空中，或停在树上，慢慢向前挪动，尽可能靠近赫姆斯托克农场的金色土地。它们很大——每一只都比我还要大。

不过，我很难描述它们的外形。我能看到它们，抓住每一个特征，可一移开目光，它们就消失了，脑子里关于它们的印象顿时荡然无存，除了那撕天裂日的鸟喙和利爪，颤动的触须，还有毛乎乎的坚硬喙部。我无法记住它们真实的面孔。当我扭过头，唯一留存的感知是它们正直勾勾地盯着我，目露骇人的饥饿贪光。

“好啦，高傲的美人们。”金妮双手叉腰，大声说，“你们不能留在这里，是时候离开了，你们自己心里清楚。”她废话不多说，“快走吧！”

不计其数的饿鸟变换了一下姿态，发出窸窸窣窣的声响，但没有移动位置。我先是以为它们在彼此耳语，后来又觉得它们在吃吃暗笑。

我听到了它们的声音，不同声音相互交织，我分不清是哪几只在说话。

——我们是饿鸟，吞噬过无数宫殿、世界、国王与星辰。我们想待在哪里就待在哪里。

——我们要履行职责。

——我们的存在不可或缺。

它们笑得那么大声，声响如同一辆渐行渐近的火车。我紧紧抓住莱蒂的手，莱蒂亦然。

——把男孩给我们。

金妮说："你们在浪费自己的时间，也在浪费我们的时间。回家去吧。"

——我们被召唤到此地，在完成任务前必不离开。我们能将事物恢复成应有的样子。难道你们要剥夺我们的能力吗？

"当然。"金妮说，"你们已经吃了晚餐，现在何必自讨没趣？快滚吧，讨人厌的恶枭。我可不觉得你们这帮家伙有多金贵。回家去吧！"她抬起手挥了挥。

一只饿鸟发出一声刺破长空、经久不息的尖叫，饱含焦躁和不得餍足的食欲。

莱蒂紧紧抓住我的手，说："他处在我们的保护之下。他在我们的土地上。你们若胆敢踏上我们的土地一步，就会瞬间灰飞烟灭。所以说，你们快走吧。"

饿鸟们挤作一团。寂静笼罩了苏塞克斯的夜晚，唯有叶片随风沙沙作响，一只猫头鹰在远方鸣叫以及微风路过留下的一声叹息。但在这寂静之中，我听到饿鸟们在交头接耳，权衡各个选择的利弊，密谋行动。在寂静中，我感觉到它们的目光锁定在我的身上。

树上的一只饿鸟扇动庞大的翅膀，放声大叫，那是一声融合胜利与喜悦之情的尖叫，是一个饱含饥饿之感与享乐之意、号召大伙积极进发的信号。我感到胸中有东西在回应这声尖叫，好像是心脏中一块小得不能再小的冰片。

——我们不能跨越边界，这点没错。我们不能从你们的土地上抢走那个孩子，这点同样没错。我们不能伤害你们的农场和农场上的生物……

“没错，你们不能，所以你们好自为之！回家去吧。你们回去不是还有场仗要打吗？”

——我们的确无法破坏你们的世界。

——但是我们可以破坏这一个。

一只饿鸟翘起锋利的鸟喙，猛地啄向脚下的大地，开始大肆撕咬——不像在吞食泥土和牧草，而像在吞下画着世界的一片帘布。草地进了它的肚子后，什么都没剩下——空无一物，仅剩一种类似灰色的颜色，一种不停搏动的无形灰色，如同我们家的电视屏幕在取下天线、图像消失后显现出的雪花点。

这是虚空。不是黑暗，不是空无。这就是躺在绘着现实的薄布之下的东西。

饿鸟们开始扑腾翅膀，成群结队。

它们落在一棵高大的橡树上，疯狂撕扯，狼吞虎咽。没过几秒，橡树就不见了，随之消失的还有橡树后方的一切。

一只狐狸从一片树篱后蹿出来，偷溜到小路上，它的眼睛、面部和尾巴被农场的光芒镀上了一层金光。路还没穿到一半，它就被剥离出了这个世界，在它身后，唯余无尽的虚空。

莱蒂说："按他刚才说的，我们得去叫醒姥姥。"

"她不喜欢那样。"金妮说，"就算你——"

"不管那么多了。如果不叫醒她，它们会把整个世界毁掉的。"

金妮只说了一句："我不知道该怎么叫醒她。"

一群饿鸟飞向一片夜空，那片夜空的云层间逸出星光点点。饿鸟们撕开了一个我叫不出名字的风筝形状的星座，用力撕扯，大口吞咽。没过几十下心跳，那片夜空和那个星座的所在之处唯余一片虚空，一跳一跳地搏动，直视那里都会刺痛眼睛。

我是个普通的孩子，也就是说，我以自我为中心，还未完全信服除我之外的东西真实存在。我坚信，毫不动摇地坚信，我在所有创世之物中最为重要。对于我来说，没有任何东西比我自己更加重要。

即便如此，我依然明白眼前这一幕意味着什么。饿鸟们会，不，它们正在撕破整个世界，使之化为虚无。再过不久，这个世界就将不复存在。我的母亲、我的父亲、我的小镇、我的爷爷奶奶、伦敦、自然历史博物馆、法国、电视、图书、古埃及……独独因为我，这些人和事物通通会灰飞烟灭，荡然无遗。

我不想死，更确切地说，我不想死得跟乌苏拉·芒克顿一样，被一种甚至没腿没脸的怪物用利爪和尖喙撕裂。我一点都不想死。我很清楚自己的抉择。

我松开莱蒂的手，拔腿就跑，用最快的速度全力飞奔。我知道一旦犹豫，甚至一旦放缓速度，我就会改变想法，那会是一个能让我活命的错误想法。

我跑了多远？看样子应该不远。饿鸟们开始有所反应。莱蒂大声喝止我，可我仍在继续奔跑，穿过农场。农场上的每一片草叶、小路上的每一块卵石、路边的每一棵柳树和榛树都金光闪闪。我不停奔跑，并憎恨自己这么做，如同憎恨自己站在游泳池的高空跳板上一跃而下的那一刻，心知后无退路，而前方的尽头只有疼痛。

见我向它们跑来，饿鸟们升上高空，就像见到人跑近时腾空而起的鸽子。我知道它们在上空盘旋。

我立于黑暗之中，等待它们降落，等待锋利的鸟喙撕裂我的胸口，三两口吞下我的心脏。

我大概站了两次心跳的时长，却觉得漫长得像永恒。

来了。什么东西撞上了我的背，把我压倒在小路边的泥地里，脸朝下。我的腹部狠狠着地，我眼冒金星，一时提不上气来。

（一段缥缈的记忆浮现出来：如一个幽幻的时刻，似记忆之湖中一个颤动的倒影。我知道心脏被它们夺走时是什么感觉。具体来说，我知道当饿鸟们，或者说一张张嘴，撕开我的胸腔，拽出我依然在跳动的心脏，为了得到里头隐藏的东西而疯狂掠食我的心脏时，会是什么感觉。我知道那种感觉，仿佛那真的是我的人生以及死亡的一部分。接着这段记忆被干净利落地一刀剪断——）

一个声音说："傻瓜！别动！求你别动！"是莱蒂的声音，我被她死死压住，想动也动不了。她在我上方，比我重。我深深陷入草地和湿润的泥土，什么也看不见。

但我感受得到它们。

我感受到它们接二连三撞上莱蒂。莱蒂牢牢罩住我，用她的身躯将我与世界隔开。

我听到莱蒂痛苦的呻吟。

我感受到她身体的颤抖与抽搐。

一个声音响起："放肆！"

很熟悉的声音，但我对不上是哪个人，也无法扭头看一看是谁在说话。

后背上的莱蒂仍在颤抖，可随着那个声音继续往下说，她平静了下来。那个声音说："你们有何权利伤害我的孩子？"

四下一片静默。

——她挡住了我们的合法猎物。

"你们是食腐物种，吃的是垃圾、废物和渣滓。你们只是清洁者，哪来的资格伤害我的家人？"

我知道是谁在说话了。这声音听起来像莱蒂的姥姥，赫姆斯托克老太太，如此神似，又如此不同。如果老太太曾是一位女皇，那她也许会用这种腔调说话，端庄严肃，抑扬顿挫，凛然不可侵犯，与平日截然不同。

一股潮湿又温热的东西浸湿了我的后背。

——不……别这样，夫人。

这是我第一次听到饿鸟的语气中含有恐惧和犹豫。

"世上有条约，有律法，有协定，你们全都违背了。"

又是一片寂静，堪称死寂，饿鸟们无话可说。

我感觉到莱蒂的身体一松，从我背上滚落下来。我抬起头，看到金妮冷静而明理的脸庞。她坐在路边的草地上，我把脸埋进她的怀抱。她一手抱住我，一手搂住莱蒂。

阴影之中，一只饿鸟支支吾吾地开口道：

——伤到你们，我们深感抱歉。

“一句抱歉就完事了？”质问的语气。

金妮轻轻摇晃身体，为我和她的女儿哼唱温柔动听的小曲。我从她怀里探出头，回头看向说话的人，泪水迷蒙了我的视线。

我凝视着她。

果然是赫姆斯托克老太太，我心里这么想，可又觉得她和莱蒂的姥姥判若两人……

我是说……

她周身银光闪闪，依旧是一头雪白的长发，但她腰身笔挺，如同少年。我的眼睛适应了黑暗，但她脸上耀眼的光芒让我根本无法直视她的脸，确认她到底是不是老太太：那光芒如同闪耀的镁光照明弹，如同夜空中绽放的烟花，还好似正午阳光照射到银币上所反射出的炫目光辉。

我愣愣地看着她，直到眼睛再也承受不住她的光芒，才把头扭到一边，紧闭双眼。眼前一片模糊，唯有让人欣喜的残像。

和赫姆斯托克老太太很像的声音继续说：“我是否该将你们囚禁在某颗黑暗星球的中心，让你们在每一刻都漫长达千年的地方慢慢体会痛苦的滋味？我是否该调出创世物种协议，把你们从物种列表上除名，让饿鸟从世上消失，让任何指望在世界之间任意游荡作祟还免于责罚的东西灰飞烟灭？”

我静静等待饿鸟们的回复，却没有听见，耳边唯有沮丧和痛苦的呜咽与啜泣。

“我受够你们了。我会在自己的时空以自己的方式来处罚你们。不过眼下，我必须先料理好孩子们的事情。”

——好的，夫人。

——谢谢您，夫人。

“先别急着道谢，你们得先把这个世界恢复原貌，天上缺了牧夫座，地上少了棵橡树，少了只狐狸，你们要把这些修补得和原来一模一样，恶枭。”银光闪闪的女皇说出最后一个词时的腔调无疑属于赫姆斯托克老太太。

有人在哼歌，歌声仿佛从很远的地方传来。我意识到，哼歌的是我自己，与此同时，我想起了曲调与歌词。

女孩和男孩，大家出门来。
夜色白如昼，月亮放光彩。
别吃晚饭别吃肉，
一齐上街乐开怀。
你大呼来我小叫，
尽情玩闹多痛快。
若无真心就别来……

我倚靠在金妮身上。她身上散发着农场、厨房、小动物和食物的气味，十分真实，在那一刻，我需要的正是这种真实。

我伸出一只手，试探着碰了碰莱蒂的肩膀，不见丝毫回应。

金妮开口了，一开始我不知道她是在自言自语，还是在对莱蒂或我说话。“它们逾越了界限。”她说，“它们可以伤害你，孩子，这根本算不了什么。就算它们毁灭了这个世界，也算不了什么——毕竟，这只是个普通的世界，只是无数个世界中的一个，如同沙漠中的一粒细沙。可莱蒂是赫姆斯托克家族的一员，是我的小宝贝，饿鸟们没有权利伤害她。”

我看着莱蒂。她双目紧闭，头低垂在胸前。

“她会好起来的吧？”我问。

金妮没有回答，只是把我俩紧紧搂在怀里，轻轻摇动身体，再次哼唱起一首没有歌词的小曲儿。

赫姆斯托克家的农场和土地不再散发金光，被饿鸟们暗中注视的感觉也彻底消失。

“不用担心。”一个苍老的声音响起，再度变得熟悉，“你很安全，绝对安全。它们都走了。”

“它们还会回来的。”我说，“它们想吃掉我的心脏。”

“它们无论如何也不会再次回到这个世界了。”赫姆斯托克老太太说，“不过是一帮吃腐肉的乌鸦罢了。”

刚才我为什么觉得她身着银装？她明明穿着一件打满补丁的灰色睡袍，睡袍下应该是一件长睡衣，过时了几百年的那种款式。

老太太抬起一只手，放在莱蒂苍白的额头上，微微抬起，接着垂落下来。

金妮摇摇头，说：“无法挽回了。”

我终于明白了，我怎么那么蠢，怎么就没能早点明白呢？我身边的女孩，这位倚在母亲怀中的女孩，为了救我，赌上了自己的性命。

“它们想伤害的是我，而不是她。”我说。

“你们两人它们都不该伤害。”老太太轻哼一声。我无比愧疚，我从未感到如此愧疚过。

“我们得赶紧送她去医院。”我依然抱有希望，“找个好医生，也许能治好她。”

金妮摇了摇头。

“她死了吗？”我问。

“死？”老太太听起来被冒犯了，“赫姆斯托克家族的人哪会那么……普普通通……”她咬牙切齿，仿佛这样才能传达出话语的分量。

“她受伤了。”金妮紧紧搂住我，“伤得很重。如果我们不快点采取行动，她必死无疑。”她给了我最后一个拥抱，“起来吧。”我不舍地脱离她的怀抱，站起身来。

金妮也站了起来，女儿的身体软绵绵地挂在她的胳膊上，像个坏掉的布娃娃。我凝视着莱蒂的样子，万分吃惊。

我说：“全都怪我。我很抱歉，真的很抱歉。”

赫姆斯托克老太太说：“你没做错什么。”可金妮一言不发，沿着小路走向农场，绕到奶牛棚后方。莱蒂个头不小，我本以为带着她走路会很吃力，可看金妮的样子，仿佛莱蒂的体重还不如一只小猫咪。她的头和肩部搭在金妮的肩膀上，如同一个睡着的孩子正被母亲抱着上楼睡觉。金妮抱着莱蒂沿着树篱走在小路上，往回走，往回走，来到那片池塘边。

这儿没有微风吹拂，空气宛若凝固，凉夜无比寂静。照亮小路的唯有月光。池塘在我们到达时，只是一个小池塘，没有闪烁的金光，也没有神奇的满月。池水暗沉无波，真正的月亮——一弯弦月倒映水中。

我在池塘边停下脚步，老太太在我身边停下。

可金妮在继续向前走。

她晃悠悠地走下池塘，直到池塘里的水淹至大腿。她的外套和裙子漂在水面上，使水中的月亮碎成几十个小月亮，围绕着她不断变换，光怪陆离。

来到池塘中心，暗沉的池水已没过她的臀部。她停了下来，将莱蒂从肩膀上放下，用双手分别托住她的头与膝盖，慢慢把她放入水中，非常非常慢。

女孩的身体安静地漂浮在池塘的水面上。

金妮一步一步往后退，目光一刻也没离开自己的女儿。

我听到啸啸的响声，似有一阵飓风正向我们逼近。

莱蒂的身体开始摇晃。

依然没有一丝风，但水面上先是涌现了一道道轻柔涌动的浪，紧接着，一波波后浪越来越猛，拍打着池岸。一道大浪升到顶点，冲我扑面而来，劈头盖脸，打湿了我的衣服和脸。我舔了舔沾湿的嘴唇，咸的。

“对不起，莱蒂。”我低声说。

几分钟前我还看得到池塘的另一边，可眼下，滚滚波浪占据了我的视野，我能看到的只有莱蒂漂浮的身体、无垠而孤寂的海洋以及昏天黑地。

海浪越来越大，在月光的映照下熠熠生辉，如同那桶海水，透射出明澈的蓝色光芒。水面上的黑色轮廓，是那个救了我的女孩。

几根干瘦的手指搭到我的肩上。“你为什么要道歉呢，孩子？你觉得是你害死了她？”

我哽咽着点点头，怕自己一开口根本说不出话来。

“她没有死。你没有害死她，饿鸟也没有，尽管它们狠命地想穿过她的身体，触碰到你。她将回归她的海洋。有朝一日，海洋自会把她送回来。”

我想到了用珍珠作眼睛的尸体和骨架，想到了轻摇尾巴优雅游动的美人鱼，我的金鱼也会这么动一动尾巴，然后不再动弹，肚皮朝上浮上水面，就像浪头上的莱蒂一样。我问：“她再回来时，还会和从前一样吗？”

老太太放声大笑，仿佛我讲了个全宇宙最可笑的笑话。“没有任何事物会永远一样。”她说，“不管是过去一秒，还是过去一百年，瞬息万变，物换星移，人也会像海洋一样动荡变化，永不重复。”

金妮有些吃力地上了岸，与我一同站在水边，低垂着头。海浪滚滚而来，惊涛拍岸，溅起漫天水花，继而退去。低沉的隆隆声从远方传来，越来越响。有什么东西正跨越海洋，朝我们奔涌而来，从数里之外，乃至千里、万里之外：一道铭刻在海蓝之上的白色细线，它离我们越来越近，变得越来越遮天蔽日。

巨浪来临，世界震颤，我仰头望着渐行渐近的巨浪：它比树木更高，比楼房更高，大脑与眼睛无法承载它，心灵无法追随它。

直到触碰到莱蒂漂浮的身体，奔腾的巨浪才轰然落下。我以为自己至少会浑身湿透，甚至可能被愤怒的海水卷走吞噬，便本能地抬起手臂，护住自己的脸。

没有拍岸的惊涛，没有飞溅的巨浪，也没有震耳欲聋的轰鸣。当我放下手臂时，眼前只有一塘暗沉而宁静的池水，水面上只漂浮着几片莲叶，倒映着似在深思的残月。

赫姆斯托克老太太也不见了踪影，我本以为她会站在旁边。站在我身边的只有金妮，她默默地凝视着如同一面黑镜的小小池塘。

“走吧。”她说，“我送你回家。”

15

一辆路虎越野车停在奶牛棚后面。车门开着，车钥匙插在锁孔里。我坐上垫着报纸的车座，看着金妮转动钥匙。引擎发出一连串噗噗的响声，继而启动。

我从没想过赫姆斯托克家的人会开车。我说：“你们家还有车啊，我都不知道。”

“你不知道的事多了去了。”金妮的语气有些硬，但她随即温柔地看了我一眼，“你不可能什么事都知道。”她往后倒了几米，调转车头。路虎上下颠簸，穿过坑洼不平的农场后院，轧过车辙和水洼。

我的脑海中依然有一些挥之不去的想法。

“赫姆斯托克老太太说莱蒂没死。”我说，“可她看起来死了，我觉得她真的死了，我不信老太太说的话。”

金妮看上去似乎要就真理的本质谈论一番，可她只对我说：

“她受伤了，伤得非常重，海洋带走了她。老实说，我并不知道海洋是否会重新送她回来，但我们仍能心怀希望，对吧？”

“对。”我捏紧拳头，满怀希冀。

我们以十五英里的时速，一路颠簸。

我问：“莱蒂她——当真是你的女儿吗？”我为何要提这个问题？我当时不知道，现在依旧不知道。也许我只是想多加了解莱蒂，她不止一次挺身而出，救下我的性命，而我对她的了解却少之又少。

“算是吧。”金妮说，“赫姆斯托克家的男性成员，我的那些兄弟们，生活在另外的世界。他们有了自己的孩子，他们的孩子也有了自己的孩子。有些女性成员来到了你们所生存的这个世界，我敢说她们每个人都是一段传奇。不过莱蒂、莱蒂的姥姥和我比较特别，我们最为纯粹。”

“莱蒂没有爸爸？”

“没有。”

“你有爸爸吗？”

“你的问题可真不少呀，亲爱的。我也没有爸爸，对此我们从没细想过。只有当你想孕育更多男人时，你才需要男人。”

我说：“你不用送我回家。我可以与你们一同生活，直到莱蒂从海洋中归来。我可以帮你们干农场里的活儿，搬运东西什么的，我还可以学开拖拉机。”

“不。”金妮温和地拒绝了我，“你有属于自己的人生，这是莱蒂给予你的。你要长大成人，努力让她的牺牲值得。”

一丝怨恨在我心中闪过。就算不用考虑自己的所作所为是否对得起一个为了你，就算不是死去，至少可以说放弃生命的人，活着本身也太过艰难。你需要在这个世界上努力生存，找到寄身之地，为了生活完成应当做的数不清的事。太难了，这不公平。

“生活本身就不公平。”金妮说，仿佛刚才那番心里话被我大声念了出来。

她驶入我家车道，停在大门外。我先下了车，她随后也下了车。

“对你来说，回家的日子会更好过。”她说。

尽管我家的前门从未上过锁，金妮还是按响了门铃，在门垫上不停刮蹭长筒雨靴，直到我母亲打开门。母亲套着粉色棉睡衣，看样子快要上床睡觉了。

“我把他送回来了。”金妮说，“战士从战场上凯旋，毫发无伤。他在我们家莱蒂的欢送会上玩得很开心，不过呢，小伙子现在该休息啦。”

母亲一脸茫然，可转瞬之间，她脸上的神情就由困惑转变成了微笑，仿佛世界刚刚重组成了一个合情合理的形式。

“哦，你不必专程送他回来，”母亲说，“本该由我或他爸去接他的。”她低头看向我，“亲爱的，你该对赫姆斯托克太太说什么呢？”

我条件反射地回答：“谢谢您照顾我。”

母亲赞许地说：“很好，乖孩子。怎么，莱蒂要离开这里？”

“她要去澳大利亚，和她父亲一起去。”金妮说，“我们会怀念小男孩和我们共处的时光，莱蒂回来后我们会第一时间告诉你们，那时他能再来我们家玩。”

我感到越来越累。欢送会非常愉快，尽管我的记忆模糊不清。不过有一点我心里清楚——我不会再次到访赫姆斯托克农场，除非莱蒂在那儿。

澳大利亚离这里很远很远，不知要等多久，莱蒂才会和父亲一起从澳大利亚归来。好几年吧。澳大利亚在世界的另一端，远隔重洋……

我的一小片脑海忆起了另一段连贯的经历，可一下子就寻不着了，如同刚从一场甜美的睡梦中醒来，四处看了看，接着把被子拉过头顶，再次沉入梦乡。

赫姆斯托克太太回到她老旧的路虎车上。借着前门的灯光，我看到车上溅满泥浆，原本的涂漆早已褪色。她往后倒出车道，开上了小路。

我身着奇装异服在夜里将近十一点到家，母亲却似乎压根没注意。她说：“亲爱的，我有个坏消息要告诉你。”

“怎么了？”

“乌苏拉辞职了，她家里有急事。她已经走了。我知道你和妹妹多么喜欢她。”

我一点也不喜欢她，但我没吭声。

这样一来，我在顶楼的卧室就没人睡了。母亲问我想不想搬回去，我说不，也说不上来自己为什么要说不。我记不清自己为什么讨厌乌苏拉，说真的，我甚至隐隐感到一丝歉疚，我对她的厌恶实在太过绝对，堪称无理取闹。但我不想回那间屋住，尽管屋里的黄色洗手盆是专门为我定制的。我一直和妹妹共住一间，直到五年后我们卖掉了这座老屋。（我和妹妹愤然抗议，至于父母嘛，我想他们只为经济重担一下子卸下而松了口气。）

我们搬出去后，老屋就被拆毁了。老屋被拆的那一天我没有去看，我不想看到它空寂而萧索地立在那儿，颓然倒下。那些砖头和瓦片，那些排水管和墙壁，与我的人生有太多牵绊。

多年之后，长大成人的妹妹告诉我，她觉得乌苏拉是（在妹妹的印象里，在前前后后照顾我们的暴脾气保姆中，乌苏拉仍是最和蔼可亲的那一个）被母亲解雇的，因为母亲发现她和父亲有暧昧的关系。这个推测的确有可能。当时我们的父母还在世，我可以直接问他们，可我没有问。

自始至终，父亲对那几夜发生的事绝口不提。

要说我从他身上和自己的童年学到了什么，那就是我下定决心不吼人，特别是不冲小孩大喊大叫。

二十多岁时，我和父亲终于冰释前嫌。在我小时候，我和他合拍的地方实在太少，这一定让他非常失望。他不想要一个埋头书海、终日沉浸在自己的世界里的孩子。他想要一个和他年少时一样的孩子：热衷于游泳、拳击和橄榄球，疯狂飙车，纵情享乐。可我让他的希望彻底落空。

我再也没有去过车道尽头，没有想过那辆白色迷你车。只有看到壁炉台上那两枚未经打磨的猫眼石时，我才会想起猫眼石矿工。在我的印象里，他常常穿着格子衬衫和牛仔裤，脸和胳膊泛着棕褐色的光泽，而不是一氧化碳中毒后的樱桃红。此外，他还没系蝴蝶领结。

老怪，猫眼石矿工给我的那只姜黄色公猫，不知晃荡到哪里，被哪家收养了。我们时不时会看见它在沟渠和树林间穿梭，可不管我们怎么叫，它都不愿意过来。这种疏远反倒让我轻松。它从来不是我们的猫，我们心里明白，它也清楚。

我认为，一个故事的关键在于故事人物的转变。可经历这一系列变故的我只有七岁，从开始到结束，我一点变化都没有，不是吗？其他人也同样没变。人还是那些人。

但有些事倒是变了。

在乌苏拉和莱蒂的事过去大约一个月后，在摇摇欲坠的老屋轰然倒地，一栋栋规整的房子拔地而起，在一个个在城里上班、在镇上居住、靠流转资金而非建屋子、挖沟渠、放牧、纺织来挣钱的年轻人住进后的五年前，在我第一次亲吻爱笑的凯丽·安德斯的九年前……

那是五月底，也可能是六月初，我放学回家，看到她在后门口等我。她看上去很清楚自己在哪里，在找谁。她是一只小黑猫，比小猫咪大一些，一只耳朵生有一块白色斑点，眼睛透着晶莹浓郁而不同寻常的蓝绿光泽。

她跟随我进屋。

我拿出一个本为老怪准备的没开封的猫粮罐头，打开后舀入老怪曾用过的脏兮兮的猫碗，给新来的小猫吃。

我父母从未注意到老怪离家出走，同样，他们一开始也没发现新来的小猫。当我父亲头一次说起她时，她已经和我们一同生活了好几周。白天，她会在花园里尽情探索，等我放学回家后，她会一直待在我身边，寸步不离，陪伴我阅读或玩耍。到了晚上，她会趴在我的床下，等到关灯后轻轻一跃，蜷缩在我的枕边，拨弄我的头发，发出咕噜咕噜的轻响，声音是那么轻柔，从未打搅妹妹的安眠。

我会把脸埋入她毛茸茸、软绵绵的毛里，安然入睡，她绵长的呼吸会在我的脸颊边轻轻颤动。

她的眼睛如此不同寻常，让我想到海边，所以我给她起名为“海洋”，但我隐隐觉得，这似乎还藏着我说不清的原因。

尾声

鸭塘在红砖农舍后方，我坐在鸭塘边绿漆斑驳的老旧长椅上，想起了我的小猫。

我只记得“海洋”长大了，几年来我与她亲爱有加。我不知后来她去了哪儿，但我转念一想，就算记不清细节那又何妨？她终将死去，我们所有人都终将死去。

农舍的一扇门开了，小路上传来脚步声。没过多久，老太太来到我身边坐下，说：“我给你送了一杯茶过来，还有一个奶酪西红柿三明治。你在这里坐了好一会儿了，我想也许你是陷入回忆一时难以自拔了吧。”

“算是吧。”我对她说，“谢谢。”一直坐在这儿，不知不觉间，暮色已经降临。

我接过茶，抿了一口，抬头端详老太太，这回我观察得更为仔细。我将她与四十年前的记忆作对比，得出结论：“你不是莱蒂的母亲，你是她的姥姥，对吧？你是赫姆斯托克老太太。”

“没错。”她平静地说，“先吃你的三明治。”

我咬了一口三明治，味道很好。烤面包片新鲜出炉，咸奶酪浓香袭人，西红柿的滋味妙不可言。

我思潮起伏，记忆纷乱，很想弄明白这一切究竟意味着什么。我问：“我刚才回想的事，都是真的吗？”话一出口，我就觉得自己像个傻瓜，明明有这么多问题可问，我偏偏问了这一个。

老太太耸了耸肩。“你刚回想的事？也许吧。或多或少。记忆因人而异，对于同一件事，两个人的记忆不可能完全相同，即便他们亲身经历了这件事。你让两个你并肩而站，两人说的话也可能千差万别。”

我还有另一个问题要问：“我为什么来这儿？”

老太太看着我，仿佛这个问题很逗。“葬礼。”她说，“你想逃避葬礼上的各色人等，一个人静一静。所以你先开车去了你小时候住的地方，当发现那儿没能填补你内心的空洞后，你又来到这儿。你每次来都是这样。”

“我每次来？”我喝了几口茶，茶水依然热乎乎，茶香浓烈：一杯上好的建筑工人茶[1]。茶勺都可以垂直悬在这杯茶里。我爸常常这么评论一杯他所认可的好茶。

“对啊，你每次来都这样。”

1 建筑工人茶：builder’s tea，过去工人们在工地想喝茶时不方便用茶壶煮茶，便直接将茶包放入马克杯中冲泡，此外还要加入糖和牛奶。久而久之，用马克杯冲泡且加糖加奶的茶就被统称为“建筑工人茶”。

“不。”我说，“我从没来过这儿，自从莱蒂去了澳大利亚，在她的欢送会之后。”我接着说，“其实根本没那场欢送会吧。你懂我的意思。”

“你回来过几次。”她说，“我记得二十四岁时你来过一次，那时你成了两个孩子的爸爸，非常恐惧，不知所措。你在离开这一带时又来过一次，那时你应该三十多岁了吧？我在厨房做了一顿美味佳肴，你和我讲了你的梦想，还有你当时正在创作的艺术。”

“我不记得了。”

她撩开盖住眼睛的头发：“忘记会让你更好受一些。”

我又抿了口茶，吃完三明治。装茶的马克杯是白色的，盛三明治的盘子也是白色的。无尽的夏夜即将走到尽头。

我再次问老太太：“我为什么来这里？”

“莱蒂希望你来。”不远处传来一个声音。

说话的人正绕过池塘，向我们走来，是个女人，身穿棕色外套，脚蹬长筒雨靴。我看着她，百感交集。她看上去比现在的我更年轻。在我的记忆中，她是个壮实的成年人，可她现在的样子看起来依然不到四十岁。在我印象中她丰满敦实，可现在的她依旧丰盈迷人，双颊红润。她依然是金妮·赫姆斯托克，莱蒂的母亲，而她的模样，我确信和四十多年前几乎一模一样。

她来到长椅的另一边坐下，我夹坐在两位赫姆斯托克中间。金妮说：“我想莱蒂只是想看一看是否值得。”

“什么是否值得？”

“你。”老太太有些尖锐地说。

“莱蒂为你做了一件难以衡量的大事。”金妮说，“我想她应该很想看一看你后来怎么样了，是否值得她为你付出的一切。”

“她——为我牺牲了自己？”

“可以这么说吧，亲爱的。”金妮说，“饿鸟们撕开你的胸口，掏出你的心脏。你临死前的尖叫太过撕心裂肺，莱蒂受不了，她不能什么都不做。”

我努力回忆这一幕：“这和我记得的不一样。”

老太太吸了吸鼻子：“我不是刚和你说过，两个人对同一件事的记忆，不可能完全一样吗？”

“我能和她说说话吗？”

“她在沉睡。”金妮说，“她还在养伤，还不能说话。”

“得等到她从那儿回来。”老太太边说边比了个手势，可我辨不清她指的到底是鸭塘还是天空。

“那得等到什么时候？”

“等她恢复好，准备好。”

“快了。”老太太和金妮同时说道。

“这样啊，”我说，“如果是她为了看一看我而指引我到这儿来，那就让她看吧。”话说到一半时，我就意识到：莱蒂其实一直在看着我。我在这条长椅上坐了多久？当我在回忆与她共度的往事时，她一直在审视我。“哦，她已经见到我了，是吧？”

“没错，亲爱的。”

“我过关了吗？”

暮色渐浓，我看不清坐在我右边的老太太的脸色。坐在左边的金妮说：“生而为人，没有过关或失败一说，亲爱的。”

我把空杯子和空盘子放到地上。

金妮说：“我觉得你比起上次来这儿时状态更好，新生的心灵破茧而出。”

在我的记忆中，金妮就是一座山，我曾倚着她的胸口颤抖抽噎。现在我的个头已经超过了她，再也无法想象她那么安慰我。

池塘之上，满月当空。我怎么也想不起来上一次见到月亮时的月相。我只记得自己看了一眼月亮，其余记忆均是一片混沌。

“那接下去会怎么样？”

“和过去每一次你来这里时一样。”老太太说，“你会回家。”

“我不知道家在哪里。”我对她们说。

“你总是这么说。”金妮说。

在我记忆中，莱蒂一直比我高一个头，毕竟那时她十一岁。倘若现在的她站在我面前，不知我会见到什么，见到谁。

鸭塘上空的月亮依旧饱满，我不由得想到了传说中的圣愚。他们往湖里撒网，捕捞月亮，因为他们相信水中的倒影比起高悬天际的天球，距离更近，更容易到手。

当然如此。

我站起身，走了几步到池塘边。“莱蒂，”我尽力忽视身后的两位女士，“谢谢你救了我的命。”

“当她去寻找事件的源头时，一开始就不该带着你。”老太太抽了抽鼻子，“她必须靠自己的力量厘清事情的来龙去脉，没必要带你一起。小傻瓜。不过，她下次一定会吸取教训。”

我回头看老太太，问：“你真的记得月亮什么时候诞生？”

“我记得很多很多事。”她说。

“我下次什么时候来？”我问。

“这不是你可以知道的事。”老太太说。

“走吧。”金妮温柔地说，“他们已经发觉你不见了。”

当她提及“他们”时，我心生一种尴尬的恐慌。我猛然意识到：我的妹妹、她的丈夫和孩子、我的孩子，还有其他善意的人、忧心的人、来访的人，都会为我的缺席大伤脑筋，担心我出了什么事。不过呢，如果有一天他们可以欣然原谅我的缺席，那就是今天。今天漫长而难熬，它终于结束了，真是太好了。

我说：“但愿没打扰到你们。”

“没有的事，亲爱的。”老太太说，“这怎么能叫打扰呢？”

我听到一声猫叫。过了一会儿，它慢悠悠地走出阴影，步入一片明亮的月光。它毫无怯意地走到我身边，用小脑袋蹭我的鞋。

我蹲下身，揉了揉它的额头，摸了摸它的背。这是一只漂亮的黑猫，也许黑色是我的想象，因为月光抹去了一切色彩。这只猫的一只耳朵上有个白点。

我说：“我曾有一只和这只很像的猫，非常可爱，我不知后来她去了哪里。”

“你把她送回到了我们身边。”金妮说。她拍了拍我的肩膀，捏了一下，就这么走远了。

我拿起盘子和马克杯，与老太太一同沿路走回农舍。

“夜色白如昼，月亮放光彩。”我说，“就像歌里唱的那样。”

“所以满月很好啊。”老太太赞同地说。

“说来有点好笑。我曾有一阵子觉得有两个你，这个想法是不是很奇怪？”

“我就是我。”老太太说，“一直是一个人。”

“我知道。你怎么可能是两个人呢？”

我打算把盘子和马克杯送进厨房，可老太太在农舍门口拦住我，说：“你得回家了，不然他们要派出搜索队了。”

“他们会原谅我的。”我说。但愿如此吧。再不回去，妹妹会忧心忡忡，还有一些和我不怎么熟的人会惋惜无法向我诉说我不在场让他们多么遗憾。“谢谢你的好意，让我在湖边静坐思量，非常感谢。”

“客气什么呀。”她说，“这点小事不值一提。”

“下次莱蒂从澳大利亚来信时，请代我向她问声好。”

“没问题，知道你记挂着她，她一定很高兴。”

我钻进汽车，启动引擎。老太太站在门口目送我离去，温和有礼。我转过拐角，驶上小路。

我透过后视镜看到后方的农舍，光线一时迷离，农舍上空仿佛悬挂着两个月亮，如一双俯视着我的眼睛：一轮盈盈满月，一弯脉脉弦月，在天空两侧遥相呼应。

我转过身，好奇地向后看：农舍上空只挂着一弯弦月，皓月清辉，恬静淡然。

不知第二个月亮的幻觉从何而来，可这份疑惑只持续了一瞬，就从我的思绪中消失了。也许只是视觉残留，或是重影什么的：有什么东西曾在我脑海中翻江倒海，如此浓烈以至于让我信以为真；可现在它逐渐消逝，淡入过往，如同日渐模糊的记忆，或融入暮色的阴影。

致谢

这本书的故事已经结束啦，现在是致谢部分，主要是些名字，你不读也罢。

我需要向许多人致谢：在我需要时在我身边的人、为我端茶的人、写了养育我长大的那些书的人。若非得分个高下，挑出任何一个人都不妥，可我还是得这么做……

当我完成这本书时，我把它寄给了很多朋友，他们以智慧的眼光审读本书，告诉我他们觉得哪儿写得好，哪儿需要改进。我感谢他们每一个人，但尤其要向这些人致以谢意：玛丽亚·达赫瓦那·赫德利、奥尔加·努内斯、标题女王阿林娜·西蒙、盖里·K·沃尔夫、卡特·霍华德、凯利·麦卡洛、埃里克·萨斯曼、海利·坎贝尔、瓦利亚·杜迪其·卢佩斯库、梅利莎·马尔、埃莉丝·马歇尔、安东尼·马尔蒂涅蒂、彼得·斯特劳布、卡特·邓宁斯、吉恩·沃尔夫、格温达·邦德、安妮·博比、李·巴尼特、莫里斯·沙玛、法拉·门德尔松、亨利·塞利克、克莱尔·科尼、格蕾丝·蒙克和科妮莉亚·芬克。

开始写这篇小说的契机是乔纳森·斯特拉恩让我为他写一部短篇小说，我一开始并没料到会写成一部长篇小说。我开始写猫眼石矿工和赫姆斯托克家族（这个家族已经在我脑海中的农场里生活了很久很久）的故事，写着写着，我最后不得不告诉乔纳森短篇小说写不成了。幸好乔纳森宽宏大量脾气好，我便顺其自然，把这个故事写成了长篇小说。

故事中家庭的原型并非我的原生家庭。我的家人非常温和宽厚，任由我打劫走童年的风景，看着我随心所欲地将童年时生活过的场景挪用到一个故事中。我非常感谢我的家人，尤其是我的妹妹莉齐，她常常鼓励我，还给我寄了许多勾起尘封记忆的照片。（要是我及时想起那栋老旧的绿房子，写进故事里就好了。）

在佛罗里达州的萨拉索塔，斯蒂芬·金让我回想起每天写作的纯粹乐趣。有时，文字能拯救人生。托莉给了我一栋安全感十足的房子，让我安心写作，我对她感激不尽。

阿特·施皮格尔曼欣然允许我引用他与莫里斯·森达克刊登在《纽约客》上的对谈，作为引言。

本书进入二稿阶段后，我将手写稿敲入电脑。每晚靠在床上，我会把当日的成果念给我的妻子阿曼达听。当我把书稿大声念给她听时，我从自己的遣词造句、篇章布局中所感知到的东西比我自己书写时所体会到的更多。阿曼达是这部作品的第一位读者，她的困惑、疑问和乐趣是贯穿此后数稿的指引。这本书为阿曼达而写，她在远方，我非常想念她。没有她，我的生活定会更加灰暗无趣。

我的女儿，霍莉和马迪，还有我的儿子迈克尔，他们都是我最聪明最温和的评论家。

我在大西洋两岸都有很棒的编辑：珍妮弗·布雷、简·莫佩思和罗斯玛丽·布罗斯南。她们都读了我的初稿，并各自提议了需要修改或重写的部分。这本书的面世少不了简和珍妮弗的鼎力相助，成品之精美超乎每个人的预料，连我也不例外。

我同样非常感谢泽娜·萨瑟兰讲座的委员会，该讲座在芝加哥公共图书馆举办。我于2012年在泽娜·萨瑟兰讲座上发表的演讲，回头看来，主要是我与自己关于当时正在写的这本书的对话，目的是让我想清楚自己在写什么，为谁而写。

梅里丽·海费茨担任我的出版代理人已经二十五年了。她对本书的支持，与她在过去四分之一世纪所付出的一切一样，珍贵得无法估量。乔恩·莱文，我的影视代理人，是一位好读者，有着林戈·斯塔尔的气度。

当我想核实20世纪60年代的黑杰克口香糖和水果沙拉口香糖价格是多少时，推特上的伙伴们帮了大忙。没有他们，我写这本书的速度也许可以快一倍。

最后，我要感谢赫姆斯托克家族，当我有所需求时，不管以何种形式，这个家族的成员总会出现在我的身旁。

尼尔·盖曼

斯凯岛，2012年7月

图书在版编目（CIP）数据

遗忘之海 / (英) 尼尔・盖曼 (Neil Gaiman) 著；
李雅欣译. -- 南京：江苏凤凰文艺出版社, 2020.8
书名原文: The Ocean at the End of the Lane
ISBN 978-7-5594-4294-9

Ⅰ. ①遗… Ⅱ. ①尼… ②李… Ⅲ. ①长篇小说 – 英
国 – 现代 Ⅳ. ①I561.45

中国版本图书馆CIP数据核字 (2020) 第117530号

图字：10-2020-192 号

遗忘之海

［英］尼尔・盖曼 著　　李雅欣 译

责任编辑　丁小卉
特约编辑　顾珍奇　叶　子
装帧设计　陈艳丽
责任印制　刘　巍
出版发行　江苏凤凰文艺出版社
　　　　　南京市中央路165号，邮编：210009
网　　址　http://www.jswenyi.com
印　　刷　三河市龙大印装有限公司
开　　本　890 毫米 × 1270 毫米 1/32
印　　张　6.5
字　　数　124 千字
版　　次　2020 年 8 月第 1 版
印　　次　2021 年 7 月第 2 次印刷
书　　号　ISBN 978-7-5594-4294-9
定　　价　35.00 元